相棒

SEASON16

相棒 season16

上

脚本・輿水泰弘ほか／ノベライズ・碇　卯人

朝日文庫

本書は二〇一七年十月十八日～二〇一八年三月十四日にテレビ朝日系列で放送された「相棒　シーズン16」の第一話～第七話の脚本をもとに、全六話に構成して小説化したものです。小説化にあたり、変更がありますことをご了承ください。

相棒 season16 上

目次

装幀・口絵・章扉／大岡喜直（next door design）

杉下右京　警視庁特命係係長。警部。
冠城亘　警視庁特命係。巡査。
月本幸子　小料理屋〈花の里〉女将。
伊丹憲一　警視庁刑事部捜査一課。巡査部長。
芹沢慶二　警視庁刑事部捜査一課。巡査部長。
角田六郎　警視庁組織犯罪対策部組織犯罪対策五課長。警視。
青木年男　警視庁サイバーセキュリティ対策本部特別捜査官。巡査部長。
益子桑栄　警視庁刑事部鑑識課。巡査部長。
大河内春樹　警視庁警務部首席監察官。警視正。
中園照生　警視庁刑事部参事官。警視正。
内村完爾　警視庁刑事部長。警視長。
日下部彌彦　法務省法務事務次官。
衣笠藤治　警視庁副総監。警視監。
社美彌子　警視庁総務部広報課長。警視正。
甲斐峯秋　警察庁長官官房付。

相棒

season

16 上

第一話

「検察捜査」

一

警視庁から東京地方検察庁まで、距離にして五百メートルほどだろうか。短い距離ではあるが、警視庁の留置場に勾留されていた者たちは、その間を護送車で移動することになっている。

護送車に乗せられた勾留者たちは手錠と腰縄をかけられ、一様に沈んだ表情で押し黙っていたが、平井《ひらい》陽《よう》だけは悪びれるふうもなく、隣の男に話しかけた。

「目と鼻の先なんだから、歩いていったっていいのに。ねえ?」

すぐさま、留置管理係の職員が聞きとがめた。

「私語はやめろ!」

「みんなで行進してくっていうのも、一興だよね」

なおもしゃあしゃあと続ける平井を、職員が怒鳴りつけた。

「黙れと言っているだろう!」

「はいはい」

平井に懲りたようすはなかった。

東京地検の刑事部第三検察官室で、検察官の杉本敏哉《すぎもととしや》がデスク越しに平井陽と向き合っていた。

「すべての犯行を否認する……そういうことだね？」

高圧的な口調で訊《き》く杉本に、平井は臆せず答えた。

「そうだ。僕は無実だ。おわかりかな？」

「しかし、お前は犯行を自白してるじゃないか」

杉本のことばに、平井がにわかにむっとした顔になる。

「初対面の僕をお前呼ばわりとは。やはり、ここもろくなところじゃないな」

杉本は取り合わず、調書に目を落とす。

「記述内容に間違いがないという証拠に、調書にはお前の署名と指印《しいん》がある。これはそれ相応の重みを持つんだ」

「刑事裁判は相変わらず自白偏重か」平井がからかうような口調で言った。「無理やり言わされたんだよ。無理やりね。おわかりかな？」

「お前の主張はよくわかった」

杉本が薄笑いを浮かべて調書のファイルを閉じる。それを見た平井がデスクを叩いて声を荒らげた。

「わかったならば、態度で示せ」

数時間後、警視庁の会議室では、捜査一課の加藤《かとう》管理官と藤井《ふじい》係長が、人目を惹く容姿の三十代の女性と向き合っていた。女性の名は与謝野慶子《よさののけいこ》、平井陽の顧問弁護士であった。慶子は告訴状を加藤管理官に手渡しにきたのだ。

加藤が告訴状にひととおり目を通すのを待って、慶子が口を開いた。

「こちらで受理されなかったら、検察に持っていきますけど」

「まあ、とりあえずお預かりしておきます」

加藤はおざなりに答えると、同席していた藤井に告訴状を渡した。


与謝野慶子が接見室に移動して待っていると、依頼人の平井が留置管理係の職員に連れられて入ってきた。手錠と腰縄を解かれた平井は、手首をさすりながらガラス越しに慶子と向き合った。

「今朝、検事の間抜け面を拝んできたよ。告訴してくれた？」

「ええ、仰せのとおりに」

慶子がやや投げやりに答えると、平井は薄い笑みを浮かべた。

「無駄なことさせるなって顔してるね」

「何度も言いますけど、受理なんかされませんよ。脅迫についても、法廷でその旨主張して、立証していくのが順当な方法です」

「金を払って君を雇ってるんだ。僕の好きにさせてくれ」

「ですから、そうしています」

うんざりしたようすの慶子に向かって、平井が身を乗り出す。

「ねえ、起訴後、保釈は無理かな？」

「無理です」

「金なら、いくらでも積むよ」

「いくら積もうと無理です」

にべもなく言い返す慶子を、平井が説得しようとする。

「依頼人の願いを叶えるのが君の務めだよ」

「無論、最大限の努力はしますが……」

慶子が顔を曇らせると、平井が唐突に話題を変えた。

「君は美人だが、僕のタイプじゃない」

「はあ？」

平井が慶子の顔を覗きこむ。

「でも、君は僕の妻たちによく似ている。どこがって、金が大好物な点だよ。そうだろう？　つかんだ金蔓《かねづる》は離さない。金のためなら、危ない橋だって……」

　平井のほのめかしに、慶子は不敵な笑みで応じた。

　刑事部参事官の中園照生《なかぞのてるお》は加藤管理官および藤井係長から報告を受けると、刑事部長室へ向かった。

　中園から事情を知らされた刑事部長の内村完爾《うちむらかんじ》が仏頂面で訊き返す。

「告訴だと？」

「はあ」中園が困りきった顔になる。「担当弁護士から告訴状が提出されました」

　このニュースはまたたく間に警視庁各部に流れた。ニュースに接した総務部広報課長の社美彌子《やしろみやこ》は、驚きのあまり思わずこう漏らした。

「脅迫で特命係のふたりが訴えられた？」


　その頃、警視庁の陸の孤島と呼ばれる特命係の小部屋では、部屋の主《あるじ》である杉下右京《すぎしたうきょう》とサイバーセキュリティ対策本部の特別捜査官である青木年男《あおきとしお》がチェスを指していた。ふたりの対戦を見るともなしに見ていた特命係の冠城亘《かぶらぎわたる》が、右京に言った。

「俺たち脅迫なんかしてませんよ。ねえ？」

　右京がチェス盤を見つめたまま答えずにいると、いつものように特命係にコーヒーをもらいに来ていた組織犯罪対策五課長の角田六郎《かくたろくろう》が青木に質問した。

「告訴したのは、あの平井か」

「ええ」青木が即答する。「平井陽です」

「もし脅迫したとするならば、あのふたりでしょう」

　亘が憶測を述べたまさにそのとき、あのふたりの片方である刑事部捜査一課の伊《い》丹《たみ》憲《けん》一《いち》は、長年、辛酸をなめ続けてきた特命係に対する特殊な能力で、自分が噂されていることに気づいたところだった。

　伊丹は一緒に廊下を歩いていた、あのふたりのもう片方の芹沢慶二《せりざわけいじ》にこう訊いた。

「なんか言ったか？」

　芹沢は「いいえ」と返すしかなかった。

　特命係の小部屋では、角田が亘のことばを受けて言った。

「とにかく四人、告訴されたわけか」

「みたいですね」青木が次の手を指す。「捜一のおふた方に、特命係のおふた方」

「なんで俺たちまで……」

　ぼやく亘に、青木が目を向けた。

「大きな顔して捜査にしゃしゃり出るからですよ」

「ん？」

「そもそも、警視庁ではおふた方に捜査権は認めていないんですからね。調子に乗ってると、足すくわれますよ」

　ここで右京が勝負を決める一手を放つ。

「ご忠告、どうも。チェックメイト」

　思いもよらぬ一手に驚愕《きょうがく》する青木を尻目に、右京がティーカップを手にして立ち上がる。

「平井が犯行を自供したと聞いたとき、正直、驚きましたが、取り調べ中に脅迫、あるいは強要の類いがあったのでしょうかねえ？」

「かもしれませんね。あのふたりならやりかねない」

　亘の憶測はまたしても伊丹の特殊な能力に引っかかったらしい。そのとき廊下では伊丹が芹沢に「なんか言ったろ？」と詰め寄り、逆に芹沢から「いいお医者さん、紹介しましょうか？」と返されていたわけだが、特命係の小部屋にいた面々はそのことを知る由もなかった。

「いずれにしても、いささか危うい気はしていました」

　亘が右京に発言の趣旨を問う。

「危ういって？」

「平井陽の逮捕、送検ですよ。僕としては、まだ証拠固めの途中のつもりでしたからねえ」

角田がふたりの会話に割りこんでくる。

「つまり、手柄を焦って自白を強要したってとこか。まあ、ありがちだがな。でも、安心しろ。そんな告訴、受理されるわけがない」

「仮に受理されたところで、俺たちは無実です」

気楽に流そうとする亘に、青木が忠告した。

「脅迫については無実かもしれませんけどね、捜査権もないのに捜査してるのは、罪深いことですよ」

「うるさいな、お前はさっきから！　ねえ？」

亘は右京に同意を求めたが、右京は黙したままだった。

法務事務次官の日下部《くさかべ》彌彦《やひこ》が法務省の自室で読書をしていると、スマホの着信音が鳴った。登録されていない人物からの着信に訝《いぶか》りながらスマホを取り上げ、電話に出る。

「もしもし」

——あっ、はじめまして。私、警視庁の青木と申します。

警視庁サイバーセキュリティ対策本部の青木年男と名乗る人物は、いきなり話題を切り出した。

「平井陽の事件？」

――はい。歴代の妻を殺害したという。

「無論知っているが……」

用件がわからず戸惑う日下部を試すように、青木が本題に入った。

――その被疑者の平井陽が、警視庁に告訴状を提出したことはご存じありませんよね？

「告訴状を？」

たしかに日下部はそのことを知らなかった。

――捜査員に脅迫を受けたという告訴状です。警視庁はその告訴状を無視しようとしているんですけどね。そういう態度でいいのかと。事態をもっと真摯《しんし》に受け止めるべきではないかと……。

日下部がにわかに興味を示す。

「青木さんと言ったかな？　あなたは、どうやってこの携帯番号を？」

――それはまあ、蛇の道は蛇と申しますか……。

「それじゃあ答えになっていないな」

――それは、つまり答えづらいからでして……。

日下部は含み笑いをすると、言いよどむ電話の向こうの相手に向かって、提案した。

「電話じゃなんだ、会って話そうか」

翌朝、日下部はオープンカフェに東京地検刑事部に所属する検察官、田臥准慈《たぶせじゅんじ》を呼び出した。

日下部から用件を聞いた田臥は驚きを隠せなかった。

「正気ですか？」

「おかしく見えるか？」

コーヒーを飲みながら話しかけてくる法務事務次官は、田臥にはいたって正気に見えた。

「見えないから、訊いてるんですよ。そもそも、そんな告訴状をうちで受理するなんてどうかしてるうえに、その目的が脅迫罪の立件ではなく、特命係の違法捜査の立件だなんて、まったく尋常じゃありませんからね」

取り乱し気味の田臥を説き伏せるように、日下部が言った。

「尋常じゃないから、お前に頼んでる。誰にでもできる案件ならば、わざわざお前を指名したりしないよ」

田臥はモーニングセットを食べ終えた唇を紙ナプキンで拭いながら、思考を巡らせた。

「しかし、どうですかね。実際のところ、捜査の違法性を立証できるかどうか……」

「無論、簡単にはいかないだろう」

「警視庁の内部的な事務分掌に基づけば、たしかに特命係のふたりの捜査は違法ということになるでしょうが、対外的な捜査権という観点から捉えると、ことはそう単純ではありません。例えば警視庁では、総務部や警務部には事務分掌上、捜査権は認められていませんが、仮に所属部員が上司の命令で捜査をおこなえば、それは司法警察員としての行為とみなされて、違法捜査にはならない。つまり、特命係のふたりの捜査の合法・違法もケース・バイ・ケースというわけで、一筋縄ではいかないんです」

ここぞとばかりに言い募る田臥を、日下部がコーヒーカップを掲げて遮った。

「その講釈はまだ続きそうか？」

「ああ、失礼しました」田臥が居住まいを正す。「例えば、警視庁の幹部連中がこぞって、特命係のふたりの違法捜査を証言してくれれば、立件は可能ですが……」

日下部がおもむろにカップをテーブルに置いた。

「まあ、無理だろうな。杉下右京は目の上のたんこぶ。排除したいと考えていることは間違いないが、だからといって彼らが我々の捜査に素直に協力するわけがない」

「立件されれば、杉下右京の違法捜査を放置していたとして、責任問題にも発展しかねませんからね」

「それに少数派だが、杉下右京を買っている人間も警察にいる。場合によっては、彼は我々を妨害するだろう」

思わせぶりな日下部のことばは、明らかに特定の個人を示していた。

「誰です、それは？」

「甲斐峯秋《かいみねあき》」

日下部が口にした人物は、田臥も知っていた。

「警察庁の元次長ですね。数年前、息子の事件で失脚したと聞いていますが……」

「今は官房付で、表面上はくすぶっているが、侮れない人物だ。彼ならば、杉下右京を救うためならば、嘘の証言ぐらい厭《いと》わないだろう」

「嘘の証言？」

訊き返す田臥に、日下部が推測を述べた。

「例えば、自分が杉下右京に捜査を命じていたとか」

「なるほど。それは厄介ですね。命令があったとなれば、違法性は立証できない。かといって、その証言が虚偽だと立証するのも容易じゃない……」

田臥が考えこむと、日下部が励ますように言った。

「いずれにせよ、さまざまな困難が伴うだろうが、なんとか立件してほしい」

「わかりました」

「頼むぞ」

「なぜ事務次官が杉下右京を標的にするのか、あえてお尋ねはしません。しかし、杉下右京を狙うとなれば、一緒にいる冠城亘も道連れになりますが、それでよろしいんですか？」

田臥が念押しした。

「と言うと？」

「事務次官は冠城をかわいがっていたじゃありませんか」

「まあ、奴に恨みはないが、道連れになることは致し方あるまい。好きで杉下右京と一緒にいるんだからな」

日下部の答えを聞いて、田臥が含み笑いを漏らす。

「事務次官のそういうところ、私、大いに尊敬します」

「ん？」

「ニッコリ笑って、人を斬れるところですよ」

席を立つ日下部の脳裏には、過去の忌々《いまいま》しいできごとが浮かんでいた。

「100パーセントの女」の異名をとる倉田《くらた》映子《えいこ》という優秀な検事がいた。ところが右京のかかわった事件で、映子は自分にとって不都合な事実を隠すために、目撃者に証言を変えさせた。裁判の結果には影響しない小さな嘘だった。ところが、右京はそれを明るみに出し、映子を辞職に追いこんだのだった。映子を買っていた日下部は、右京を呼び出してこう問い質《ただ》した。

「これから先、彼女がやろうとしていた大きな正義を失うことのほうが、大きな損失だとは思わないのか？」

これに対して、右京は「おことばですが、法を破って正義を全うできるとは思えません」と、信念を貫き通したのであった。

その瞬間、日下部は右京を決して許さないと決めたのだった。

日下部が去り、テーブルにひとり残った田臥はカバンから写真週刊誌『週刊フォトス』の最新号を取り出し、表紙に印字されている「保険金総額6億円超　平井容疑者と妻たち」という見出しに目を落とした。そして、おもむろにその記事を読み始めた。

その日の昼休み、警視庁特命係の小部屋では、右京と青木がまたしてもチェスを指していた。コンビニで買ってきた鉄火巻きをほおばりながら、亘が青木に問い返した。

「検察が？」

「検察でも受理できますからね。弁護士が検察へ持ちこまないとも限らない」

青木が語っているのは、例の告訴騒ぎの一件だった。

「検察もそんな暇じゃねえよ」

常識的な見解を示す亘に、青木も鉄火巻きを咀嚼《そしゃく》しながら返した。

「まあ、そうでしょうけどね。でも、告訴されるなんて不徳の致すところと、多少なりとも反省の態度ぐらい見せても、バチ当たりませんよ」

「お前、何が言いたいの？」

「日々是《これ》反省」と、青木が亘に反省を促す。

「まあ、やってもいないこと、反省のしようもないけどね」亘は意に介するようすもなかった。「仮に告訴状が受理されたところで、俺たちは痛くも痒《かゆ》くもない。右京さんの指摘どおり、脅迫があったとしたなら取調室だろうから、記録を確認すりゃあ一発。俺たちがそんなことに関与していないことは明白だ。お前も知ってるだろ？　警視庁の取調室には、録音・録画装置が取り付けられてる」

「知ってますよ！　再来年の全面可視化に向けての措置でしょ？　去年の十月からは原則、裁判員裁判対象事件すべてが、録音録画の対象になっているはずです」

「そういうこと」

ふたりのやりとりをチェスボードの向こうで聞いていた右京が、会話に入ってきた。

「しかし、平井が脅迫で告訴状を提出したとなると、当然、供述を翻すつもりでしょうねえ。つまり、犯行を全面的に否認する」

「でしょうね。自白は脅迫によるものってことでしょうから」

「太《ふて》え野郎だな。奥さん三人も殺しといて。ねえ?」

おもねるような態度の青木を、右京が戒める。

「それは乱暴に過ぎる物言いですねえ。あくまでもまだ被疑者です」

「でも、杉下さんは、平井の犯行に間違いないと確信してるんでしょ?」

「僕の心証など、裁判では役に立ちませんよ」

右京が紅茶をすすったところで、亘がスーツの内ポケットに入れていたスマホの着信音が鳴った。

「あっ、ちょっとすみません」亘が立ち上がって、右京たちから遠ざかりながら電話に出る。「もしもし」

——冠城くん? 東京地検の田臥です。一度会ったことがある。覚えてますか?

「覚えてます。たしか……日下部さんの事務次官就任祝いのパーティーで」

——その節はどうも。

「どうも。なんとなく記憶にあるだけで、顔はおぼろですけども……。なにか?」

——とんだ災難に見舞われてるみたいだね。連続殺人の被疑者から脅迫で訴えられたとか。

亘が通話を終えると、右京と亘は連れ立って出かけた。ふたりの背中を目で追う組織犯罪対策五課の小松真琴《こまつまこと》に、あとから出てきた青木が告げ口する。

「東京地検の検事さんに呼び出されたみたいですよ」

「地検の？」

「例の告訴状の件ですよ」

青木のことばを、小松の同僚の大木長十郎《おおきちようじゆうろう》が訝しむ。

「なんで地検が出てくるんだよ？」

「さあ」ととぼけた青木は、昨夜のできごとを思い返して、ひそかに笑みを浮かべた。

昨夜、青木は若い男女でごった返すクラブで、日下部と密談をしたのだった。大音量のダンスミュージックが流れるフロアで、ダークスーツという場違いないでたちの法務事務次官は、自分を呼び出した警視庁サイバーセキュリティ対策本部の特別捜査官に確認した。

「捜査権がない？」

日下部が言及しているのは警視庁における特命係の位置づけについてであった。青木は周りを気にすることもなく、告げ口した。

「組対《そたい》のフロアにありますけど、組織図上はまったく関係なく、完全に独立しています。つまり、物理的な位置関係にかかわらず、特命係は離れ小島の扱いなんです」

「なるほど」

「あっ、これは余談でした。すみません。貴重なお時間を割いていただいてるのに……」

「いや、なかなか興味深い話だよ」

おもねる態度を取りながらも、青木はこのとき日下部の瞳の奥に暗い光が宿ったのを見て取ったのだった。

二

その頃、右京と亘は都内某所のサロンにいた。絨毯《じゅうたん》を敷きつめた豪華な室内には高級な家具が置かれ、壁のどっしりとした書架には豪華本の背が並んでいた。ここは法曹界の人間が集うサロンだった。田臥が特命係のふたりに名刺を渡した。

「強制捜査なんて、野暮なまねをするつもりはないんだ。だから協力よろしく」田臥は亘にため口をきくと、右京には軽く頭を下げた。「よろしく願います」

「協力するのはやぶさかではありませんがね……」

右京の言外の含みを代弁するかのように、亘が継ぐ。

「どういういきさつで、地検がしゃしゃり出てきたんです?」

「犯罪捜査は警察の専売特許じゃあるまい」

田臥がはぐらかす。

「まあ、そんな一般論を言ってるわけじゃ……」

苦笑する亘を無視して、田臥は右京に要請した。

「まず手はじめに、平井事件に着手したあたりから、話を聞かせていただけますか?」

「それではお聞かせしましょう」右京が話し始めた。「暦の上ではすでに秋、とはいえ、実際はまだ夏真っ盛りといった厳しい暑さの八月十五日のことでした――」

八月十五日の昼、右京は特命係の小部屋で紅茶を淹《い》れながら、テレビニュースを見ていた。

――この家に住む平井陽さんの妻めぐみさんが、バルコニーから庭に下りる外階段より転落し全身を強打、搬送先の病院で死亡が確認されました。警察は当時めぐみさんが浴衣《ゆかた》を着用しており、階段を下りる際、誤って裾を踏みつけたことによって起こった、転落事故とみています。

画面に若い女性の写真が映っているのを確認したところでテレビを消した右京が、パソコンに見入っている亘に話しかけた。

「『週刊フォトス』の四月二十一日号、まだ持ってますか?」

「えっ?」

「四月二十一日号です」

「四月号って」亘が当惑するのも無理はなかった。ふつうは四カ月も前の写真週刊誌など保管していない。「とっくに処分しましたよ。ああ、最新号ならありますけど」

ここで田臥が右京の回想話に入ってきた。

「冠城くんは、『週刊フォトス』を定期購読してるの？」

「定期購読ってわけじゃないけど、ちょくちょく買ってる。そこの記者とちょっと知り合いなもんで」

亘がほのめかしたのは、以前、広報課長の社美彌子がシングル・マザーであるというスクープをものにした女性記者、風間《かざま》楓子《ふうこ》のことだったが、田臥はそのことは追及せずに、手元にあった『週刊フォトス』のページを開いた。

「今の号に、平井の妻たちの特集が載ってるね」

田臥が開いたページには平井陽の写真とともに、死んだ三人の妻の写真が載っていた。

「ああ、これな」と亘。

「ああ、申し訳ない。話の腰を折ってしまって。『週刊フォトス』の四月二十一日号になにが？」

田臥に促されて、右京が回想を再開した。亘が処分してしまっていたので、特命係のふたりは、『週刊フォトス』編集部へ、楓子を訪ねたのだった——。

四月二十一日号には「それぞれの葬儀事情」という特集記事が載っていた。そのページを真剣に読んでいる右京に、楓子が説明した。

「お葬式の形も、いろいろな事情によって違ってくる。超質素なものから、ど派手なものまで。そんなことを特集してみた記事ですけど……」

特命係の警部の意図を探ろうとする楓子には取り合おうともせず、右京は掲載写真を指差した。

「さっきのニュースは、この方の奥様のことじゃありませんかねえ」

亘がその記事の見出しを読みあげる。

「平井陽……。『大切にしていた妻のためならば、お金は惜しまない』」

「その方は、亡くなった奥様のために、盛大な葬儀を出されたんですよ。さっきのニュースって？」

まだ刑事たちの訪問意図がわからない楓子に、亘が告げた。

「見てないの？　奥さんがバルコニーの階段から落ちて死んだの」

「えっ？」

亘が楓子から右京に視線を移す。

「再婚してたってことですかね？」

「ええ。しかし、立て続けに奥様が事故死とは、お気の毒としか言いようがありませんねえ」

ここまで話を聞いた田臥が、信じられないような顔で割りこんできた。

「前に見た雑誌の記事を覚えていて、ニュースを見たとき、おやっ、と思ったわけですか……」

「なんとなく気になったという程度ですがね。ひとたび気になり始めると、確かめずにはおられない性分なものですから」

右京のことばを亘が補足した。

「事件への着手なんて大げさなものじゃなく、聞いたとおり、出発点はあくまでも個人的興味ってわけ」

「個人的興味ねえ……」

半ば呆れたようすの田臥に、亘が笑いかける。

「それが杉下右京の専売特許。持ち味でもある」

「続けましょうか？」

右京が話を戻し、回想が再開された。

気になったらとことん調べる質《たち》の右京は、蟬時雨《せみしぐれ》の中、亘とともに平井陽の豪邸を訪問したのだった。

プールサイドに現れた平井は、水着の上からガウンを羽織っていた。

「お待たせしました。もう少し待っててもらえるかな？　日課なんで、済ませないと気持ちが悪くて」

平井は右京たちに臆することなくガウンを脱ぎ捨てると、プールに入って泳ぎ始めた。

「よかったら一緒にどう？」

プールの中からふたりを誘う平井に、右京が断りを入れる。

「いや、結構」

「遠慮しときます」亘も断ると、右京に疑念を表明した。「けど、奥さん亡くしたばかりだとは思えませんね」

「まあ、人それぞれですからねえ」

右京がそう返したところへ、屋敷からきびきびした動きの女性が出てきて、平井が脱ぎ捨てたガウンを拾い上げた。女性に気づいた平井が泳ぎながら説明した。

「警視庁本部の方だそうだ。名前は聞いたが、忘れた」平井は続けて右京と亘に、「もう一度名乗ってくれ。彼女は顧問弁護士、与謝野慶子だ」

「警視庁の杉下です」「冠城です」

特命係のふたりが応じると、慶子が警戒するような目になった。

「与謝野です。奥様のことで？」

「ええ、まあ」亘が軽くうなずく。

「本部の方が？　失礼ですが、所属部署は？」

「特命係といいます」

右京の答えは慶子にはぴんとこなかったようだ。

「特命……最前線？」

「あの、それはドラマ」亘がすかさず訂正する。「正確には『特捜最前線』」

「とにかく初めて聞く部署です。重ね重ね失礼ですが、警察手帳を拝見できますか？」

慶子の要請に応じてふたりが警察手帳を掲げる。身分を確認しても、慶子の表情は硬かった。

「どうも。奥様のことというと、具体的にはどういうご用件でしょうか？」

プールから上がった平井が濡れた体の上からガウンを羽織る。

「お悔やみを言いに来てくださったそうだ」

「お悔やみ？」

訝しむ慶子に、平井が付け加えた。

「死んだめぐみのお悔やみだよ。でしたね？」

「ええ」と肯定する右京に、慶子が皮肉をぶつけた。

「縁もゆかりもない方が、めぐみさんのお悔やみですか？」

苦笑いするふたりに代わって、平井がとりなすように言った。

「警察には今回の事故でお世話になったんだから、多少のご縁はあるということでいいじゃないか。まさしく『他生《たしよう》の縁』ってやつだよ。わかる？　このシャレ」

「社長は人がよすぎます！」

顧問弁護士が声を荒らげても、平井は意に介するようすがなかった。

「だって、わざわざお悔やみに来てくださったのに、追い返すなんて、そんなまね、僕にはできないからね。シャワー浴びてくるから、おふたりを先にめぐみのところに案内してあげて」

邸内に入ろうとする平井を呼び止めるように、右京がわざとらしく声を張った。

「ああ、このプールでお亡くなりになったそうですねえ」

「えっ？」平井が振り返った。「いや、バルコニーの階段から落ちたんだ」

「いえ、前の奥様です。昨年の九月にお亡くなりになった」

右京がかまをかけても、平井は平然としていた。

「ああ、加世子《かよこ》のことか。そう、このプールで溺れ死んだ」

「お悔やみ申し上げます」

慇懃《いんぎん》に腰を折る右京を気にかけるようすもなく、平井は「どうもありがとう」と屋敷に入っていった。

庭に面した廊下を通り、特命係のふたりを案内する慶子に、亘が矢継ぎ早に質問を浴びせた。

「顧問弁護士って、平井氏の会社のってことですか？」

「ええ」

「もう長いんですか？」

「かれこれ四年ですね」

「こんなふうに、秘書みたいな役目も仕事のうち？」

「頼まれてるうちに、いろいろするようになりましたけど、本来の業務ではありません」

右京が突然足を止め、庭の片隅を指差した。

「あれは焼却炉ですか？」

「ええ」

「ご自宅でゴミの焼却を？」

右京の問いに、慶子がむっとした声で言い返した。

「しっかり届けは出していますし、条例に基づく形でやっています」

「特にそのあたりを疑ってはいませんがね」

「そうですか。警察はなんでもかんでも疑う仕事だと思ってました」

慶子が皮肉をたっぷり交えると、亘も探るような口調で訊いた。

「でも、いちいち自分で燃やすより、ゴミ出しの日に出したほうが楽でしょう？」

「好きなんですよ、社長。燃やすのが。いいじゃありませんか」

うんざりしたようすの慶子に、亘が思わせぶりな言い方で応じた。

「構いませんけど。燃やすのが好きね……」

慶子はふたりを夫人の寝室へと案内した。ベッドの上には警察から戻ってきためぐみの遺体が横たわっていた。手を合わせる右京と亘に、慶子が冷ややかに言い放った。

「本当の目的を教えてもらえませんか？　まさか、お悔やみなんて口実が通用するとは思ってませんよね？」

「ご遺体を前にして申し上げるのは少々はばかられるのですが、たしかにお悔やみというのは口実です」

右京がついに本音を漏らした。

「ならば、本当の目的は？」

「平井氏にお目にかかることです」

「えっ？」

右京の答えは慶子の意表をついた。

「お目にかかって、お話がしてみたかった。これが嘘偽りのない目的ですよ」

「なぜ?」

眉をひそめる慶子を、右京が煙《けむ》に巻いた。

「それについては、『興味が湧いたから』としか答えようがないのですがね」

「警察官がどんな興味をお持ちになったのか、気になりますね」

あくまでも来意を問い質そうとする慶子に、亘が嚙《か》み砕いて説明した。

「そもそも、我々が警察官を名乗ったのは、怪しい者じゃないことをわかってもらうためで、それ以上の意味はないんです。とはいえ、『会ってみたかった』じゃ、気持ち悪がられるだけだろうし、だから苦肉の策でお悔やみなんて口実を……。でしょ?」

「そのとおり」

右京が亘に同意を示したとき、着替えを終えた平井が部屋に入ってきて、遺体を示した。

「お待たせしてしまって申し訳ない。これが僕の妻、めぐみだ」ここで平井は慶子に問いかけた。「で、報告は? 君はそのために来たんだろう?」

「そうですが……」

特命係のふたりの存在を気にする慶子のそぶりを、右京が読み取った。

「なんなら、我々は席を外しましょうか？」

「悪いね」と平井。「そうしてもらえますか。すぐ済む」

部屋を出たところで、亘が右京に耳打ちした。

「どうにもつかみどころのない人物ですね」

「ええ」

「まあ、右京さんのことだから、ますます興味が湧いたでしょうけど」

右京がことばを返す前に、ドアの向こうから平井の怒鳴り声が聞こえてきた。

――何度も言わせるな！　返すのは葬儀が終わってからだ。そこだけは絶対に譲れないからな。


回想を中断し、右京が田臥に説明した。

「この時点では、めぐみさんの葬儀が終わってから、誰になにを返すのか、気になりましたが、やがてそれは判明しました」

田臥が興味を示す。

「葬儀のあと、誰になにを返すってことだったんですか？」

「めぐみさんのご両親に、めぐみさんをです」

「えっ？」

とっさに頭がついていけないようすの田臥に、亘が補足する。

「ご両親は、めぐみさんが平井と結婚することに猛反対だった。反対を押し切って結婚したのちも、決して結婚を認めようとはしなかった。そんななか、めぐみさんが亡くなったので、すぐさま遺体を実家に戻せと平井に要求した。けれども、それを平井は突っぱねた。返すのは葬儀が済んでからだと」

田臥が理解したところで、右京が回想を続けた。


夫人の部屋から出た右京と亘は、庭の隅に設置してある焼却炉のところへ来ていた。焼却炉の横にテーブルが置かれ、不要物らしいＤＶＤやゲームソフト、衣類や時計、カメラなどが並べられていた。

「これらを焼却するってことですかね？」

亘が疑問を口にする。

「おそらくそうでしょうねえ。燃やすのがお好きということですから」

亘はカメラを手に取って、検分した。

「これなんか、まだ十分使えそうな……新品ですよ」

と、背後から平井の声が聞こえてきた。

「新品だろうが、関係ない。不要な物は燃やすんだ」

振り返ると、平井と慶子が近づいてきていた。

「お話はもうお済みですか?」

白々しく訊く右京に、平井がしれっと答えた。

「済ませて廊下に出てみたら、あなた方の姿がないんで焦ったよ。帰ってしまわれたのかと」

「挨拶なく帰るのと、許可なく邸内をうろつくのとでは、どちらが無礼ですかねえ?」

慶子が嫌みをぶつけると、亘が頭を下げた。

「どっちもどっちですね。これは失礼しました」

「いえいえ」平井は気にしていないようすだった。「そもそも席を外させたのはこっちだからね」

右京が話題を変えた。

「ところで、めぐみさんの葬儀の日程などは、もうお決まりなんですか?」

「それはもう準備万端だよ。三度目ともなると、段取りも熟知してしまった」

「三度目?」亘がすぐさま訊き返した。

「そうだが」

「あれ?　二度目じゃ……」

「いや、三度目」平井がさも当然のように答えた。「妻が死んだのは、めぐみで三人目だ」

「つまり、加世子さんの前にも奥様がいらっしゃった」

右京が確認すると、平井はこともなげにうなずいた。

「うん。最初の妻だ。名前は亜矢《あや》という。知らなかったの？」

ここまで右京の話を聞いてきた田臥が、整理するように言った。

「その瞬間、興味が疑惑へと変わった。そんな感じでしょうかね？」

「さあ、そもそも、僕の興味の根本には常に疑惑があるので、興味が疑惑へ変わったというよりも、疑惑の比重が増したという表現のほうが、当たっているかもしれません」

いかにも右京らしい答弁を受け、亘が追加の情報を言い添えた。

「調べてみると、最初の奥さんが亡くなったのは、平成十九年だった。二番目、三番目と同様、事故死」

「十年前か……」

「そう。二番目、三番目とはかなり間が空いてるし、今の大豪邸に引っ越す前の、マンション暮らしの時代だったから、妻が三人亡くなっているという事実が、ダイレクトに認識されづらかったようだ」

「ご近所付き合いも変わるし、なにより管轄の警察署も変わるからな」

田臥が理解を示す。

「二番目の奥様の加世子さんが亡くなったとき、最初の奥様、亜矢さんも事故死を遂げているという事実を所轄署が認識していれば、あるいはその時点で対応が違っていたかもしれませんが、所轄署が動き出したのは、三番目の奥様、めぐみさんの死亡事故が起きたあとです」

右京が指摘すると、田臥が推測を巡らせた。

「なるほど。二番目、三番目の死亡事故がわりと短期間に、しかも、同一管内で起こっているわけですからね。さすがに不審に思ったか……」

「いや、所轄署が自主的に捜査に乗り出したわけじゃない」亘が田臥の推測を否定した。

「捜査を開始したのは、我が警視庁本部の誇る捜査一課の精鋭二名だ」

「伊丹刑事と芹沢刑事か」

田臥も腑《ふ》に落ちたようだった。

右京に続いて、亘が当時の事情を回想した。伊丹と芹沢は、特命係のふたりが捜査に首を突っこんでいることを嗅ぎつけ、組織犯罪対策部のフロアの片隅の小部屋を訪ねてきたのだった。

「お前ら、なにコソコソ動いてんのかなあ?」

部屋に入ってきた伊丹が開口一番探りを入れると、間髪《かんはつ》を容《い》れずに芹沢が亘に迫った。

「とぼけても無駄だよ。もうネタ、挙がってんだから」

「別にとぼけちゃいませんけど」

かわそうとする亘に、伊丹がずばりと切りこんだ。

「平井陽、あれこれ嗅ぎ回ってんだろ？」

「どこからそんな情報を？　あっ、まさか、日々俺たちをつけてるとか」

亘が苦笑しながら茶化すと、芹沢が大げさに手を振って否定した。

「さすがにね、俺たち、そこまで暇人じゃない」

「風の噂だよ」

「風の噂？」

伊丹のことばを亘が反復したとき、青木がすたすたと部屋に入ってきた。ところが伊丹と芹沢の姿を目にするや、踵《きびす》を返して立ち去ろうとするではないか。

「ちょっと待て！」亘がすかさず追いかけ、捕まえて部屋に連れ戻した。「なんでお前、逃げるんだ？」

詰問する亘をはぐらかすように、青木がとぼけた。

「逃げる？　僕が？　逃げてなんかいませんよ。忘れ物です。では、またのちほど」

再び立ち去ろうとする青木の襟首を、亘がつかんで引き寄せた。

「さてはお前だな、風の噂は。相変わらず、ペラペラペラペラ、このおしゃべりめ！　まあ、別に話されて困るようなことはないけどね」

「だったら、いいじゃありませんか」亘から解放された青木が開き直った。そして右京にチェスの対戦を持ちかけた。「さあ、始めましょうか」

「君、忘れ物はいいんですか？」

右京のひと言に、青木はぐうの音も出なかった。


ここまで振り返ったところで、亘が田臥に心中を明かした。

「でも、あの段階でふたりが捜査に乗り出してくれたのは、好都合だった。ふたりにくっついていきゃあ、ベーシックな情報が入手できるからな」

右京がベーシックな情報の具体的な内容に言及した。

「おかげで、平井の三人の妻の死亡時の状況を知ることができました。もっとも一件目は、すでに十年という歳月が経っていますからねえ、当時の記録すら残っていません。ですから一件目については、捜査に当たった刑事と鑑識の記憶の断片を繋《つな》ぎ合わせるよりほかありませんでしたが。ひとり目の妻、亜矢さんはバスルームで感電死。ふたり目の妻、加世子さんはプールで溺死。三人目の妻、めぐみさんは階段から転落死。ことごとく事故死として処理されていたというわけです」

田臥が右京に質問した。

「死んだ妻たちに、それぞれ巨額の保険金がかけられていたことは、いつつかんだんですか？」

「伊丹さんたちが乗り出してきて、まもなくでしたね」

「ええ」亘が同意した。「その情報を掘り起こしてきたのは、伊丹・芹沢捜一両エース。それで、がぜん捜査が本格化していった」

「なるほど」

田臥が相槌《あいづち》を打つと、右京が続けた。

「ただし、その情報は、捜査を本格化させるのには役立ちましたが、事件の真相解明という点ではほとんど役に立ちませんでした。そもそもが、保険金詐取目的の事件という見立てには、無理がありましたからねえ」

「だって、平井は金に困っちゃいないんだから。文字どおり、腐るほど金を持ってる」

亘のことばを聞いて、田臥が確認する。

「平井の会社の財務状況はすこぶるいいらしいな。平井の個人資産も数十億だとか」

「すべて父親から譲り受けたものとはいえ、好調な業績を維持し続けてきたのは、二代目として立派だと素直に思います」

「ああ」

「あっ、そうだ」亘が思い出したように、田臥に言った。「伊丹・芹沢両エースが話に登場したついでに言っとくけど、平井の主張してる脅迫については両エースの仕業。俺たちは無関係。それは神に誓います」

「軽々しく神に誓う奴ほど、信用できない奴はいない」

田臥が鼻で笑う。

「嘘だと思ったら、平井の取り調べの録音録画、確認してください」

真剣な口調の亘を、田臥がなだめた。

「わかったよ。まあ、そうムキになるな。順番にやるさ」

三

その頃、都内の某公園で、加藤管理官と藤井係長が与謝野慶子に詰め寄っていた。

「こちらで預かったじゃないか！」

加藤が大声で非難しても、慶子は涼しい顔で言い返した。

「でも、受理していただけそうになかったものですから」

加藤に続いて、藤井も慶子を責める。

「だからといって、同時に出すのはルール違反だろ！」

慶子が眉間に皺《しわ》を寄せて反論した。

「こちらとしては、預かるとおっしゃった時点で、警察は無理と判断しました。だから、改めて検察に提出したんです。なんなら合同で捜査してくださいよ。警察でも捜査していただけるとおっしゃるなら」

このとき慶子の脳裏には、前夜、事務所を訪ねてきた田臥との会話が蘇《よみがえ》っていた。田臥は慶子に向かって、こう要請したのだ。

――告訴状を出してくれ。動くための根拠が必要なんだ。

慶子は、「検察で受理するつもりですか？」と笑ったが、田臥は真剣な表情を崩さずにこう続けた。

――詳細を話すつもりはない。君が知って得することでもない。ただ、約束する。迷惑はかけない。

慶子はしばし思案して、「これで、田臥さんとはお近づきになれたって、考えていいんですか？」と返した。

これに対して、田臥は「恩に着るよ」と答えたのだった。

加藤も藤井もこれ以上、慶子を責めてもらちが明かないと悟ったらしい。慶子が物思いから覚めると、ふたりの姿はすでになかった。

特命係のふたりから話を聞いたあと、田臥准慈は警視庁の刑事部捜査一課へ出向き、伊丹と芹沢を前に用件を切り出した。

「なんかの冗談？」

「それともドッキリとか？」

伊丹も芹沢も相手にしようとしなかったが、田臥はいたって真剣だった。

「そのどちらでもない。むろん、強制捜査なんて野暮なまねはしたくないんで、ぜひご協力を」

「ハッ、強制捜査すりゃあいいだろ、できるもんなら」

伊丹が憤慨して席を立つ。

「今のを翻訳すると、『おととい来やがれ』ってことね」

そう告げて芹沢が伊丹のあとを追おうとする。そんなふたりの背中に田臥がことばを投げかけた。

「特命係のふたりは、脅迫はあなた方の仕業だって言ってるんだけど、なにか反論はある？」

伊丹が戻ってきて、田臥に顔を近づけた。

「言うのは勝手だけど、証拠を持ってこいって言ってくれる？」

「取調室での記録が証拠になるってさ」

「ああ、録音録画のこと？」伊丹が芹沢に訊いた。「平井のあったっけ？」

「いいえ。記録してませんから」

　芹沢がさも当然のように答えるのを耳にして、田臥が問い質す。

「記録してない？」

「してませんよ」芹沢が繰り返す。「被疑者自身が記録を拒みましたから。ご存じかどうか知りませんけれど、被疑者が拒んだら、記録しなくていいことになってます。全面録音録画における例外措置として」

　田臥も事情が把握できたようだった。

「平井が自ら拒んだ……か」

　伊丹がほくそ笑む。

「おあいにくさまでした」

　立ち去ろうとする伊丹と芹沢を、田臥が再び呼び止めた。

「ああちょっと……もうひとつ確認したい。特命係のふたりは捜査の邪魔じゃなかった？」

「はあ？」伊丹がうんざりした顔になる。

「だって、捜一が本格的に捜査に乗り出してるわけでしょ？　部外者にちょこまかされたら目障りじゃない？　捜査の邪魔するなとか、注意しなかったの？」

　田臥の問いかけに、芹沢が渋々答える。

「まあ、毎度のことですからね」

「注意したところで無駄？」

「言って聞くようなふたりじゃないですもん！」

愚痴る芹沢を伊丹が促す。

「もういい。行くぞ」


その夜、田臥は法務省の事務次官室で、昼間の聞きこみ結果を日下部彌彦に報告した。

「黙認か……」

田臥の報告を受けた日下部がひと言漏らすと、田臥が険しい表情で付け加えた。

「特命係のふたりの捜査行為を、仕方ないと判断してなにも言わずにいたとなれば、それは一種の黙認とも取れます。つまり、上司からの命令というような、具体的かつ積極的な許可がなくとも、ふたりの行為の合法要件を満たすことになりかねない」

日下部の顔がわずかに曇る。

「立件はますます難しそうだな」

「ええ、このままだと……」

悔しさを滲《にじ》ませた声で田臥が答えた。

同じ頃、警視庁の会議室では、伊丹と芹沢の捜一コンビが、特命係のふたりと話をしていた。

「なるほど。平井が記録することを拒否していましたか」

平井陽の取り調べ時の状況を聞いて納得する右京の目の前に、芹沢が一枚の紙を掲げた。

「これが、録音録画拒否の届出書。ちゃあんと平井の署名、指印があるでしょ？」

「まるで、俺たちが平井を脅迫した証拠があった、みたいなことを言っていたらしいんで、あまりいい加減なことを吹聴しないほうが身のためだよ、と老婆心ながらね」

伊丹が釘を刺すと、亘が「ご親切にどうも」と応じた。

芹沢が届出書をしまいながら、「仲間割れはよそうよ」と持ちかけた。

亘はそのことばが意外だった。

「仲間？」

「脅迫で告訴されたのは四人なんだから、その点では俺たち仲間じゃん」

「仲間と思っていただけて光栄です」

形式的に頭を下げる亘の横で、右京はなにやら考えごとをしていた。

捜一のふたりと別れたところで、右京が亘に提案した。

「せっかくだから、お目にかかりましょうか」

「お目にかかるって?」

「平井陽にですよ」

どうして急に平井と面会したくなったのか、亘には右京の考えがわからなかった。

「せっかくだからって?」

「せっかくまだ警視庁内にいるんですから、その気になればすぐ会えるじゃないですか。彼はまだ三階で勾留中でしたよね」

「まあ、起訴されるまではいるんじゃありません? なんだかんだ拘置所はいっぱいですからね」

さっさと三階の留置場へ向かって歩き始めた右京を追いかけながら、亘が真意を確認する。

「しかし、会ってどうするんです?」

右京は足を止めずに、「訊きたいことがあります」と答えた。

「例えば?」

「録音録画拒否のいきさつなど、知りたいじゃありませんか」

「どうせあの両エースが、拒絶するよう誘導したに決まってますけど」

亘が臆断を口にしたとき、捜査一課のフロアに戻ったばかりの伊丹は「うわっ!」と叫び、うしろを振り向いた。

「えっ？　また声がしました？」

心配する芹沢に、伊丹は頭を振りながら、「いや、なんでもねえ」と返す。

芹沢は先輩刑事の健康状態に不安を覚えた。

「明日、お医者さん予約しましょう」


右京と亘が留置場に入ると、勾留中の平井が満面の笑みを浮かべて迎えた。

「いやあ、わざわざ来てくれるなんて嬉しいね。ちょうど話し相手が欲しかったところだよ」

「告訴するなんて、ひどいんじゃありません？」

亘が皮肉を言うと、平井は軽く笑った。

「あっ、聞いた？　してみたんだよ。でも、どうせ受理されないんだろ？」

「つまり、無駄とわかって告訴したってことですか？」

「脅迫されたのは事実だからね。悔しいからね。黙っていたくはなかった。僕の意思表示のひとつだよ」

「だからって、したのは伊丹刑事と芹沢刑事。俺たちは脅迫なんかしてないでしょう？」

それまで床にぺたんと座っていた平井がおもむろに立ち上がり、天井や壁を見回した。

「このようすは録音録画はされてるのかな？」

「してません、そんなの」

亘のことばを受け、平井が毅然《きぜん》とした口調で言った。

「ならば、答えよう。実際に脅迫したか、してないかは問題じゃない。連帯責任と考えてくれ」

「連帯？」

絶句する亘に代わって、右京が訊いた。

「連帯責任の是非についていったん措《お》くとして、あなたが脅迫を受けたというのは、取調室での取り調べにおいてですね？」

「そうだ」

「しかしあなたは、現在進めている取調室の可視化のための録音録画を全面的に拒否した。すなわち、あなたが脅迫をされたという決定的な証拠がないんですよ」

右京が諭すと、平井はため息を漏らした。

「……だよなあ。いや、あのふたりにはしてやられたよ。あの狡猾《こうかつ》さは……十分に悪党だ」

平井はそのときの伊丹と芹沢のことばを、特命係のふたりに伝えた。伊丹は平井にこう言ったという。

――すべて録音録画したところで、それを全部確認できるわけないだろ？　例えば、裁判員が録画映像を初めからしまいまで見ると思うか？　つまりだ、取り調べのようすが証拠として採用されるにしても、必ず編集されるんだよ。わかるか？　都合よく編集されるんだ。言い換えれば、こっちに有利にってことだ。編集で白いものを黒くするのは簡単だ。あえて言う。編集された映像に真実はない。

それに続いて、芹沢が届出書とペンを差し出した。

――なまじ録音や録画なんか残すと、後悔するよ。さあ、転ばぬ先の杖と思って……。

ためらう平井の背中を伊丹がもうひと押しした。

――こっちは手の内を明かして、警告してやってるんだぞ。まあ、嫌なら無理にとは言わないが。

ここまで言われると、平井は署名するしかなかった。

平井の告白を聞いて、亘が呆れた。

「編集なんかできっこないのに、そんな見え透いた詭弁《きべん》に引っかかるなんて……」

「間抜けだなあ」

ぼやく平井に同情もせず、亘が「ええ」と追い打ちをかけた。

「なんとでも言ってくれ。突然、囚《とら》われの身となって混乱していたんだ。通常の思考力の三分の一もなかっただろう。僕をこんな窮地に追いこんだあんたたちを、おおいに恨むよ」

　平井が逆恨みすると、右京が反論した。

「恨まれるのは不本意ですねえ。そもそも、こうなったのは自らまいた種じゃありませんか」

「実は訊きたかったんだ」

　唐突に平井が切り出した。

「はい？」

「任意同行に応じたが最後、こちらの混乱に付けこむ形で、おまけに脅迫までされ、あれよあれよと逮捕送検されて。その間、あんたたちに会う機会がなかったもんだからね」

　なかなか本題に入らない平井を、右京が促した。

「……で、なんでしょう？」

「僕にとって、妻が不要品と化していたことに、どんなふうに思い至ったんだい？」

　平井が驚くほどの直球を投げこんできた。右京は動じるそぶりも見せずに、それを打ち返す。

「いくつかのヒントを繋ぎ合わせた結果、そこに思い至ったわけですが……。ひとつは、お宅のあの焼却炉ですねえ。お庭の景観にそぐわないあの焼却炉が、非常にシンボリック に感じられました」

「燃やすのが好きだと聞いて、まるで火遊びが好きな子供だなと思ったんですけど」

亘が素直な感想を述べると、右京が左手の人差し指を立てた。

「そうそれ。彼のその感想も大きなヒントになりました。火遊びが好きな子供、すなわち物を燃やすのが、子供の頃からの習慣なのではないかと」

「なるほど。そういう思考の変遷ね」

平井が腕組みをし、感心したようにつぶやいた。右京が続ける。

「ぜひとも確認したくなり、あなたの幼少時代をご存じの方を探したのですが、ご両親はすでに他界、ご兄弟もいらっしゃらない。それでも小学校の同級生数名には、お目にかかることができましたが、あなたの火遊びについては、皆さんご存じないようでした。しかし、収穫はあった。同級生の皆さんは、あなたの家に家政婦さんがいらっしゃったことを、覚えておられました」

平井が昔を懐かしむように、視線を宙に向けた。

「余談だけど、洌《きよ》が達者でいたことには感激したよ。九十九だって?」

「ええ。さすがに体のほうは少々不自由なようですが、頭のほうははっきりなさっていました。記憶もことばも鮮明でした」

右京は、福岡の久留米《くるめ》まで元家政婦の桑原《くわばら》冽を訪ねていったときのことを思い出した。冽は車椅子に乗っていたが、右京の質問は正確に理解したらしく、なまりの強いことばでこう言ったのだった。

――坊ちゃんなあ、いらんくなったもんはなんでん燃やす。なんでんかんでん燃やす。燃やさんば、気の済まん質じゃった。

右京が「どうしてそういうふうになったのでしょうねえ?」と尋ねると、冽は「奥さんの影響じゃなかろうかね」と答えた。

「奥さんっていうのは、平井陽さんのお母さんですか?」と確認する亘に対して、冽はこう答えた。

――そう。奥さんが庭で物ば燃すのを見とって、まねたん違うかなあ……。いらんもんばバンバン燃しとった。

それで右京は、平井の母親も不要品を燃やさずにはいられない性格だったと知ったのである。

右京から冽の証言を聞かされ、平井も母親の奇妙な行為を思い出していた。怖い顔をして着せ替え人形を焚《た》き火《び》にくべていた母親のことを――。

遠い目をして虚空を見つめている平井に、亘が声をかけた。

「どうかした? ぼんやりして」

平井が我に返る。

「いや、なんでもないよ。洌、懐かしいなあ。僕はね、子供の頃、洌にとてもかわいがられていたんだ」

「そうですか」右京が相槌を打つ。

「不審に思ってただろ？」

「はい？」

「だって、僕のことで警察が突然訪ねていったんだからさ。洌には詳しく話したの？」

「いいえ」右京が否定した。「具体的なことはなにも。捜査上、必要な情報収集ということだけで」

「でも、彼女、勘がいいからねえ。きっと不審に思っただろうし、僕のことを心配したに決まってる。なにか言ってなかった？　僕のこと」

「特には。質問したことにお答えくださっただけです」

「でも、今はきっと心配してるね。いろんなとこで記事になってしまっているし……。返す返すも残念だよ。あのとき、もっと毅然としていれば、こんな目に遭わなかったのにってね。あのときは、予期せぬ洌の名前が出て、柄にもなくうろたえてしまったんだ」

後悔する平井の脳裏に、特命係のふたりと捜査一課のふたりが自宅まで押しかけてきたときのようすが蘇ってきた。焼却炉で不要品を燃やす平井を前に、右京はとうとう長広舌《ちょうこうぜつ》をふるったのだった。

——不要品の焼却が幼少の頃からの習わしであったという洌さんの証言から、平井さん、あなたがめぐみさんのご遺体を、ご両親からの強い要請があるにもかかわらず、葬儀が終わってからでないと返さないと、頑《かたく》なに主張していた理由がわかりました。葬儀で遺体を燃やすことが、あなたにとっては必要だったからですよ。「不要品の最後は焼却」という長年のルールを守るために。『週刊フォトス』で取り上げられていた、二番目の奥様、加世子さんの盛大な葬儀も、あなたにとっては、遺体焼却の手段に過ぎなかったわけです。さて、ここでひとつ厄介事が。「不要品の焼却」と簡単に申し上げましたが、人と物とでは、その扱いに大きな違いが生じます。

左手の人差し指を立てて得意げに推理を述べた右京に続いて、亘がずばりと切りこんできた。

——物ならば、不要になった時点で焼却炉に投げこめば済むけど、人の場合はそうはいかない。まず、殺す必要がある。

最後に引導を渡したのは、やはり右京だった。

——ええ。つまり、あなたには奥様を殺す必要があった。不要品として燃やして、捨てるために。だから奥様を殺した。三人ともそれぞれ事故に見せかけて。ええ、間違いなくあなたの仕業ですよ。違いますか？　申し開きは本部で聞きますよ。ご同行願えますね？」

言い返す間もなく、伊丹から「申し開きは本部で聞きますよ。ご同行願えますね？」

と促され、平井は従ったのだった。

あのときの自分の対応を思い出し、平井が悔やむ。

「のこのこついていって失敗した……」

ここで亘が割りこんできた。

「僕からも、ひとついいですか？」

「なんだい？」

「奥さんにかけてた巨額の保険金、あれはなんのために？」

亘の質問は、平井にとっては些細《ささい》なことに過ぎなかった。

「ああ……。三人、それぞれ贅沢《ぜいたく》で浪費家だったからね。ずいぶん金を消費した。その分の補塡《ほてん》だな。一種の経済活動だよ」

「巨額の死亡保険金なんて、疑われると思わなかったんですか？」

「全然思わないねえ。そんなことで疑われるのは、貧乏人だろう？　僕は金持ちだ。それもかなりの。事実、三人目まで誰も疑わなかったじゃないか。あんただって保険金が理由で疑ったわけじゃあるまい」

自信満々の平井の言い分を、右京が認めた。

「たしかに」

「疑わしきは被告人の利益に！」平井が声を張った。「今の裁判ではこの大原則が遵守《じゅんしゅ》されているのかな？」

法務省出身の亘が答える。

「さあ、残念ながら、そうとは思えないですね」

「まもなく僕も被告人になると思うが、僕は断固、闘う所存だ。弁護士も言っていた。僕のケースは自白に比重が置かれすぎている。その他の証拠が乏しいと。しかもその自白も、脅迫によって生まれたものだからね。このまま僕を有罪にするようじゃ、日本の裁判はクソだ」

「同感ですね」

朗々と自説を開陳する平井に、右京が意外なことばを返した。

「……なに？」

虚をつかれた格好の平井に、右京が発言の意図を説明した。

「だからこそ、たとえ公判で自供を翻されても、びくともしない証拠が必要です」

「そんなものはない」

平井は即座に否定したが、右京は確信をもって断言した。

「いや。あるはずです」

平井がため息をつく。

「あんたは、どうしても僕を有罪にしたいんだな」

「ええ。なぜなら、あなたの犯行ですから。裁判の大原則をねじ曲げることは許されませんが、その大原則によってあなたが無罪になるのは、我慢できません」

右京の信念を突き付けられ、平井は思わず黙りこんだ。

平井との面会を終え、廊下を歩きながら、亘が右京に訊いた。

「なんで本当のこと、言わなかったんですか？」

「はい？」

「冽さんのことばです」

冽は、本当はこう語ったのだった。

――坊ちゃんは、ろくでもない奴だった。ありゃあ、まともな大人になるとは思われんかった。仮に、坊ちゃんが人ば殺したと聞いても、うちは驚かん。

「心配なんかしちゃいない。心配どころか、悪し様《あざま》に罵《ののし》ってたって、本当のこと言ってやればよかったのに」

右京は亘とは違う見解を披露した。

「まあ、本筋とは関係ありませんからねえ。あえて彼の思いを否定してまで、お伝えすることもないかと」

「へえっ」亘がわざとらしく感心する。「右京さんにもそういう情があるんですね」

「どういう意味でしょう？」

「ちょっと意外でした」

亘が本音を漏らしたとき、着信音が鳴った。内ポケットからスマホを取り出し、ディスプレイの表示を確認する。社美彌子からの電話だった。

「ご無沙汰です」

――まだ庁舎内？

「ええ」

――仕事中？

「いや、そのあたり、特命係《とくめいがかり》の場合、かなりフレキシブルです」

――なら、送ってくれるかしら？

「どちらまで？」

――お家よ。

亘は地下の駐車場で、かつての上司を拾った。

「お宅まで直行します？　それともどこかで飯でも行きますか？」

「ご飯はまたの機会に」

美彌子がすげなく返す。

「そう」

亘が車を走らせると、しばらくして美彌子が口を開いた。

「今日、地検の検事が来たわ」

「課長のところに？　田臥准慈？」

「あなたのことをあれこれ訊かれた」

「あれこれって、例えば？」

「広報課にいた頃の仕事ぶりとか」

「『非の打ちどころがなかった』って言ってくれました？」

亘が冗談めかすと、美彌子は「もちろん」といなしたあと、「広報課の頃に、犯罪捜査をしていたことはないかって質問もあったわ」と伝えた。

田臥から、「特命係の杉下さんと示し合わせて、犯罪捜査をしていたというようなことは？」と水を向けられ、美彌子はこんなふうに答えたのだった。

「さあ、どうでしょう？　行動を逐一把握するほど、彼に関心があったわけじゃありませんから。こんなこと、あまり外部の方に言いたくないんですが……、冠城亘は仕方なく広報課《うち》で預かった人材なんですよ。だから、わたしも彼に興味ありませんでしたし、彼のことを訊かれても、通り一遍のお答えしかできないと思います」と。

そのいきさつを聞かされ、ハンドルを握る亘は思わず苦笑した。

「『仕方なく』に『興味なし』ですか。言ってくれますね」

「質問者の口を封じるには、相手の意表をつく話をこちらから率先してするに限る。『知らない』『わからない』だけじゃ、相手は食い下がってくるから。とにかく早く切り上げたかったの。時間の無駄だもの」

うんざりしたように告げる美彌子に、亘がかしこまってみせた。

「私ごときのことで、課長の貴重な時間を取らせてしまって、誠に申し訳ありませんでした」

「わたし、刑事事件の捜査については詳しくないけど、彼、なんか魂胆があるんじゃないかしら？　そういう印象を持ったわ」

美彌子の人物評定を信じている亘は、「魂胆ね……」と繰り返した。


右京はいつものとおり、帰り際に小料理屋〈花の里〉に立ち寄っていた。そこへ亘から電話がかかってきた。

――社課長のところへ現れて、いろいろ話を聞いていったそうですよ。まあ、課長もちょっと怪しんでました。たしかに、捜査上の情報収集活動って言い分は、鵜呑《うの》みにできない気がします。

「なるほど。わざわざ連絡どうも。ちょうど今、こちらにもいらっしゃってますよ」

右京の意外なことばに、電話口の亘の声のトーンが少し上がった。

——田臥ですか？

「ええ」右京が冷静に答える。「来てみると、周辺情報の収集ということで、幸子《さちこ》さんの話を聞きにいらしてました」

——そうですか……。まあ、そういうことなんで。

通話を終えた右京がスマホをカウンターに置くと、田臥がさっそく確認した。

「冠城くんですか？」

右京は直接答えず、こう返した。

「社さんのところにも行かれたそうですねえ」

「彼が警視庁に移ってからの、最初の上司でしょう？　冠城くんの仕事ぶりや人となりなどを聞くのに、打ってつけの人物だと思いましてね」田臥はグラスのビールを飲み干した。「さあ、僕はそろそろ引き揚げます。女将《おかみ》さん、お勘定お願いします」

女将の月本《つきもと》幸子は「はい。少々お待ちくださいませ」と応じ、「ありがとうございました」と「二千八百五十円」の伝票をトレイに載せて差し出した。

「とても美味しかったです」田臥が財布から千円札を三枚抜いて、トレイに置く。「お釣りは結構ですから」

「いえ、そんな……」

　幸子は遠慮したが、田臥は「ご馳走さまでした」と言い残すと、店を出ていった。

「どうもありがとうございました。またどうぞ」とお辞儀をした幸子は、田臥が立ち去ったのを確認して、ふうと息を吐いた。

「はあ、緊張した。検事さんって、なんか独特の威圧感があるんですよね。前に検事調べ受けたときの嫌な記憶が蘇りました」

　幸子が自ら、過去の古傷に触れる。

「申し訳ありませんでしたね」と言いながら、右京は燗酒《かんざけ》を猪口《ちょこ》に注いだ。「僕が謝罪するのも妙ですが」

「いいえ！」幸子は即座に否定した。「謝っていただいて当然ですよ。そもそも、杉下さんがなにかしでかさなかったら、こんな目に遭ってないんですから」

「僕はなにもしでかしちゃいませんがねえ」

「でも、安心してください。不利になるようなことは言わなかったつもりです」

「それはどうも」

　苦笑しながら、右京は猪口を口に運んだ。

四

翌朝、平井陽の取り調べを担当していた東京地検刑事部検察官の杉本敏哉は、上席検事である益岡左千夫《ますおかさちお》に呼ばれた。

益岡から思いがけないひと言を聞き、杉本は耳を疑った。

「交代ですか？」

立ち尽くす杉本に、益岡は執務机についたまま対応した。

「そうだ」

「理由を教えてください」

いきなり交代を告げられ混乱する杉本に、益岡は「知らん」とすげなく返した。

「いずれにしても、雲の上からのお達しだろう。異例のことだし、承服しかねるとは思うが、逆らっても、なんの得もないと思うぞ」

「せめて理由を……」

杉本が泣きついても、益岡は同じことばを返すばかりだった。

「本当に知らんのだ」

同じ頃、東京地検刑事部第七検察官室では、検察事務官の檜山栄子《ひやまえいこ》が、執務机で書類を検《あらた》めている田臥准慈に質問をしていた。

「どうして急に交代を?」

書類から顔を上げ、田臥が答える。

「さあ、知らないよ」

「理由も訊かずに引き受けたんですか?」

なじるように問いかける栄子に、田臥は淡々と答えた。

「訊くも訊かないも、命令に従っただけさ」

「検事らしくないですね」

栄子は納得していなかったが、田臥は相手にしなかった。

「雲上人《うんじょうびと》からのオーダーのような気配がしたからな。余計な詮索《せんさく》はやめといた。それより、勾留期限を目いっぱい使うつもりで、改めて捜査するから頼むよ」

栄子が席を立ち、田臥のもとへやってきた。

「捜査資料に目を通したんですけど、ちょっと乱暴な送検だったみたいですね。おまけに被疑者は自白を翻してるみたいだし……。貧乏くじ、引かされたんじゃありませんか?」

「……かもな」

書類を机に投げつけるように置いた田臥は、昨夜の日下部事務次官とのやりとりを思い起こしていた。

──立件はますます難しそうだな。

渋い顔の日下部に田臥はひとつの要求をしたのだった。

「次官。平井事件の担当、私に替えてくれませんか？」

──お前が担当してどうする？

日下部は懐疑的だったが、田臥には腹案があった。

「警察を指揮して、起訴に向けての補強捜査をおこないます」

日下部は田臥の作戦をよく吟味して答えた。

──なるほど。しかし、検事の担当替えとなると、俺には少々骨の折れる仕事だな。検事総長ならば、ホホイのホイだろうが。

ここで田臥は攻勢に出たのだった。

「そんなのは私のあずかり知らぬこと。ただ、事務次官の目的を達成するためには、それが必要条件です」

これで特命係を包囲する準備は整った。すでに、意識は次の一手に向かっていた。

警視庁の副総監室では、刑事部長と参事官から報告を受けた衣笠藤治《きぬがさとうじ》が、不機嫌そうに答えていた。

「あのさ、そんな要請に従うことはないでしょう」

「さようですか」

内村がかしこまって副総監の意見を聞き入れると、中園が念を押した。

「では、ふたりを外す必要はなしと」

「本人たちは脅迫を否定してるんでしょ？」

「はい」中園が直立不動で答えた。

衣笠が立ち上がる。

「っていうか、そもそも、そんな告訴状がちゃんちゃらおかしいよね。検察はどうかしてるんだ」

「おっしゃるとおりですね」内村が追従した。

「伊丹くんと芹沢くんだっけ？　まあ、検事がなんと言おうが、ふたりの入れ替えの必要などないね。もし、ごちゃごちゃ言うようなら、『お前ら勝手に捜査しろ』と言ってやんなさい。そんな人手もないくせに偉そうに……」

衣笠は憤懣《ふんまん》やるかたないようすだった。内村がすかさず同調する。

「まったくですねえ。奴ら、指示権・指揮権を盾に、傲慢《ごうまん》な態度をとるのが、腹立たしいですなあ」

衣笠が真顔になって、内村の肩を叩いた。

「だけどさ、こんな些末《さまつ》なこと、いちいち僕のところに持ってこなくたっていいんじゃないの？」

「はあ……」

「君たちで判断すべきことだよね？　まあどうせ、万が一のときの保険のつもりでしょ？　最終的な判断は僕がしたっていう既成事実を作っておく。宮仕えにはそういう慎重さは必要だよね」

「恐れ入ります」中園が頭を下げた。

「僕は君たちの行動には、一定の理解を示しますよ」

そのことばを受け、内村が衣笠を持ち上げた。

「さすが副総監」


警視庁の会議室に捜査一課の刑事たちを集め、田臥が熱弁をふるっていた。

「ご承知のとおり、勾留期限はまだ二週間以上ある。その時間を有意義に使って、平井事件の証拠固めをしたいと考えている。その理由のひとつは、平井が取調室での供述を翻し、否認に転じていることだ。平井は自白が強要されたものだと主張している」

ここで田臥は会議室の後ろのほうに座る伊丹と芹沢に目をやった。ふたりが知らん顔でいると、田臥は話を続けた。

「まあ、署名指印された供述調書がある以上、否認されても、一定の証拠価値は認められるだろうが、自白以外、状況証拠の積み重ねで、決定打となるような証拠に乏しいのも事実だ。そこでこれからの捜査で、その部分を補強していきたいわけである。ここまででなにか質問あるかな？」

伊丹がおもむろに手を挙げた。

「どうして担当検事が替わったんですか？」

「諸事情だ」

「諸事情って？」

「あなたが知る必要はない」

田臥の物言いに、伊丹がいきりたって立ち上がる。芹沢が小声でなだめる。

「先輩！　事を荒立てないでくださいよ」

「俺たちを外そうとしたんだぞ！　あの野郎……」

伊丹が毒づいたが、田臥は無視した。

「他になにか質問は？」

衣笠藤治は警察庁に甲斐峯秋を訪ねた。峯秋は茶を点《た》てて、衣笠を迎え入れた。

「いささか緊張するなあ。副総監直々のお出ましですからね」

「からかわないでくださいよ」

衣笠が抹茶をすすって顔をしかめるのを見て、峯秋が訊いた。

「で、話とは？」

衣笠は茶碗をテーブルの上に置き、おもむろに話し出した。

「特命係のことなんですがね……」

「ん？」

「特命係は現在、どこにも属しておらんのです。警視庁内で完全に独立した存在なわけで。しかし、これはおかしな話である以上に、組織運営上、大いに問題ではないかと。なにしろ、特命係を指揮監督すべき存在がいないんですからね。一応、冠城亘の上司は、杉下右京ということになるんでしょうが、それでは杉下右京の上司は？　いない。警視庁のどこを探してもいない。そりゃそうです。特命係は独立しているんですからな」

衣笠に言われるまでもなく、峯秋も特命係の位置づけについては熟知していた。

「君の指摘はよくわかったよ。で、どうしたいというんだね？」

衣笠が峯秋の顔をまっすぐ見た。

「甲斐さん、あなたに特命係の指揮統括をやっていただけないかと」

「僕が？」

想定外の申し出に、峯秋は困惑した。

「いや、もちろんあなたに毎朝、特命係に行っていただこうというわけじゃありません。組織名目上、あなたに特命係の指揮統括をお任せしたいと」

「つまり、ふたりは僕の部下になるというわけかね?」

「名目上です。いや、もちろん必要ならば、おふたりをお使いになるのはご自由。しかし、特命係に捜査権がないことには、変わりはありませんがね。正直、あのふたりは我々にはコントロール不能なんですよ。あなたにお願いするしかない」衣笠はことばを切って、しばし間を置き、峯秋に顔を近づけて迫った。

「甲斐さん、お引き受けいただけませんか?」

　その頃、コントロール不能なふたりは、三階の留置場に足を踏み入れたところだったと、立ちふさがるように田臥が現れた。

「どちらへ?　と、この留置場階であえて聞くのも、馬鹿馬鹿しいですね」

　亘は田臥が捜査一課で指揮を執り始めたことを知っていた。

「起訴へ向けて、補強捜査、始めるんだろう?」

「ああ」

「協力するよ」亘が申し出た。

「捜査にか?」田臥が確認する。

「ああ」とうなずく亘に、田臥が訊いた。

「どんな権限で？」

「なに？」

「この捜査は僕の指揮下でおこなう。捜査権のないあなた方を参加させるわけにはいかない」

田臥が決然と申し渡すと、右京は事情を呑みこんだ。

「なるほど」

「どうぞお引き取りを」

硬い表情で田臥がふたりを追い返す。

「戻りましょう」

右京に促され、亘も踵を返した。去っていくふたりの背中を見ながら、田臥は日下部に提案した作戦を頭の中で、復唱していた。

まず、捜査権のない者には参加させないとふたりをはっきり拒絶する。しかし、そんなことを素直に聞くふたりではない。どうせしゃしゃり出てくると予想されるが、そこが狙いだった。指揮権を持つ田臥の警告を無視して捜査したとなれば、違法行為として立件できるからだった。

警察庁では、峯秋が衣笠の意図を悟ったところだった。

「僕は防波堤ってことかね？　現状のまま、ふたりが問題を起こせば、最悪、君まで責任を取らされかねない。だが名目上にせよ、僕がふたりの指揮統括を務めていれば、責任を負うのは僕のところでとどめておける。さしずめ万が一のときの保険ってことだね」

峯秋が微笑《ほほえ》みかけると、衣笠は顔をそむけた。

田臥から遠ざかりながら、亘が右京に訊いた。

「おとなしく引き下がりますか？」

「まさか」

「ですよね」

「当然です」

こんなことで引き下がるふたりではなかった。

五

右京と亘は鑑識課を訪れたが、益子《ましこ》桑栄《そうえい》は首を横に振った。

「駄目だ。捜査資料はいっさい見せられない。上からの命令なんだ。悪く思わないでくれ」

鑑識課から引き揚げながら、亘が愚痴をこぼす。

「奴、どうやら本気で、俺たちを捜査から締め出すつもりですね」

右京の見解は違っていた。

「さあ、それはどうでしょう？　『するな』というのは、『しろ』ということかもしれませんからねえ」

「は？」

「例えば、お笑いの人が『押すなよ』というのは、『押せ』という意味。まあ、それと同じことですねえ」

右京らしからぬたとえに、亘が戸惑う。

「ここで、お笑い芸人のお約束、引き合いに出されてもね……」

「いずれにしても、社さんが怪しんでいたように、僕も、彼にはなにか魂胆があるように思いますねえ。例えば、ここへきて、我々の捜査権を問題視しているのは、いささか唐突な気がします」

「たしかに」亘がうなずいた。「捜査対象者に脅迫で告訴されてるんだから、捜査には参加させないっていうのはわかるけど、捜査権を引き合いに出して拒絶するのは、なんか狙ってる感じがありますね」

「ええ」

「でも、そこまでわかってて、あえて飛びこみますかね」

亘は一応忠告したが、右京の答えは予想どおりのものだった。

「僕の中では、平井事件の解明は中途半端のままです。どんな状況であれ、おとなしく引き下がる気にはなれませんよ」


特命係の小部屋に戻ったふたりは、平井事件の検討をすることにした。

最初の妻である亜矢の殺害についての平井の供述を、右京がそらで復唱する。

「私は平成十九年二月十六日の夜、九時半頃、亜矢の殺害を決心してバスルームへ行きました。彼女には一種の悪癖がありました。風呂上がりに、よく体も拭かないまま髪を乾かすのです。これは危険です。もちろんめったに起こりませんが、感電の恐れがあります。私は彼女のその悪癖を利用して妻を感電死させました。事故死に見せかけやすいと思ったからです。もちろん事前の準備は必要でした。ドライヤーのプラグの根元をさりげなく傷めつけて、ほんのわずか導線をむき出しにすることと、バスマットにたっぷり水分を含ませておくことです。電気がしっかり体を流れるようにするためです。どうして亜矢を殺したかというと、もう亜矢は不要になったからです」

供述によると、平井はドライヤーの事故を装って、亜矢を感電死に導いたということだった。亘が拍手で、右京の記憶力を讃《たた》えた。

「すばらしい！　よく、そこまで暗記しましたね。その調子で、二番目の奥さんのも聞かせてください」

右京は嫌な顔もせずに、亘の求めに応じた。

「加世子も亜矢のときと同様に、彼女の周知の習慣を利用して、事故死に見せかけて殺しました。平成二十八年九月六日の午後八時過ぎ、私は加世子殺害のために自宅プールへ向かいました。暑い時期、彼女は夕食後に必ずプールで泳ぐのです。プールの排水溝に吸いこまれたことによる死亡事故がヒントになりました。泳ぐときにはくくっている、彼女の長い髪を使って、溺れさせようという計画です。そのために、私は彼女へのプレゼントを用意しました。ダイヤの指輪です」

平井はなにげないそぶりで加世子の髪留めを外し、プレゼントの指輪をプールの中へ投げこんだのだった。その場所には排水溝が設けられていた。

右京は平井の供述を正確に暗記していた。

「狙いどおり、彼女の長い髪は排水溝に吸いこまれて、彼女は浮上できなくなりました。あとは待ちました。ただ、じっと待ちました。彼女の息が絶えるのを。私の計画は成功しました。私は加世子の殺害も成し遂げたのです。なぜ私が加世子を殺したのかというと、彼女はもういらなくなったからです」

「いやあ、参りました！　驚異の記憶力、感服です」亘が頭を下げる。「ここまできたら、三番目のめぐみさんの殺害の供述も、お願いします」

右京が相棒の勝手な言い草を非難した。

「君も供述調書は読んでいるのですからねえ。人を頼らずに、少しはご自分の記憶を呼び起こしたら、いかがですかね？」

「だから、右京さんの正確無比な記憶を聞くことで、自分の貧弱な記憶を補完修正しつつ、呼び起こそうとしてるんじゃありませんか」

亘はあくまで右京に頼ろうとしていた。


その頃、伊丹と芹沢はいつぞや特命係のふたりも呼び出された法曹サロンにいた。ふたりが革張りのどっしりとしたソファの上で居心地の悪い思いをしていると、田臥がコーヒーを運んできた。

「くつろいでくれ。特に気を遣うような場所じゃないんだよ」

「で、なに？　話って」

伊丹がここへ呼び出した真意を問うと、田臥は真剣な顔になった。

「まず、ふたりに謝罪したい。捜査から外そうとしたのを怒ってると思うが、どうか機嫌を直してくれ。多少の言い訳をさせてもらえれば、平井の告訴状に基づいて捜査していることになっている以上、捜査対象から告訴されている人物を外すというポーズは必要だったんだ」

伊丹と顔を見合わせて、芹沢が質問する。

「ポーズ？　つまり本心じゃなかったってことですか？」

「はなからそんな要請は拒絶されると思っていた。まあ、どちらにせよ気を悪くされたと思うので、そこは素直に謝りたい。申し訳なかった」

神妙に頭を下げる検察官に、伊丹が疑問をぶつけた。

「いったい、なに、企んでんだ？」

芹沢は田臥の発言に引っかかりを覚えていた。

「さっき、平井の告訴状に基づいて捜査していることになっているって言いましたよね？　していることになっているって、実際にはしていないってことですか？」

「捜査はしている。だが、脅迫の告訴状とは無関係だ。当然、標的はあなた方ではない」

田臥が手の内を明かした。

右京と亘は警視庁の地下駐車場に向かっていた。

「平井は素直に殺害を認めている。状況的に矛盾点はなく、その供述は十分信用できる。

そういう判断で送検されました」

右京が平井の送検のときの状況を振り返った。亘が自分の車のドアを開け、運転席に乗りこんだ。

「ところが平井は供述を翻して、一転、無実を主張し始めた。自白は脅迫されてしたものだと言って」

右京は助手席に座って、シートベルトをしめた。

「どの程度だったかはわかりませんが、おそらく自白を無理強いする場面はあったのでしょう。ならば、無理強いされて、平井がどのぐらい真実を語ったか。殺したということ以外、実はすべてでたらめかもしれない。あるいは半分が真実で、半分が嘘かも。はたまた、ごくわずかだが嘘が交ざってるとか。そのあたりが気になるんですよ」

田臥の意図を知った芹沢が呆れたように言った。

「あのふたりを違法捜査で立件する？」

「そうだ」田臥がうなずいた。

「それが本当だとしたら……」

伊丹の発言を遮って、田臥は「本当だ」と即答した。伊丹の瞳がわずかに輝いた。

「よっぽどの暇人だな。けど、面白そうだ。で、そんなこと、俺たちに明かしたってことは？」

田臥が本音を漏らす。

「警視庁に協力者が欲しい。どうも我々は警察では目の敵にされてしまうんでね」

芹沢が身を乗り出した。

「それって翻訳すると、我々とお友達になりたいってことですか？」

田臥はその質問に、薄い笑みで応じた。


右京と亘が向かったのは、平井の豪邸だった。プールのある庭園に面した道に車を停めると、周囲に人目がないことを確認してから、亘はアメリカンフットボールのボールを振りかざした。

「いきますよ」と宣言し、亘がボールを庭に投げ入れた。

数十分後、平井邸の正門前に移動した右京が、腕時計に視線を落とした。

「さあ、そろそろお見えになる頃です」

右京のことばが呼び水になったかのように、与謝野慶子がタクシーで姿を現した。

不審そうにふたりを見つめる慶子に、亘が手を挙げた。

「あっ、すみません。お忙しいところ」

慶子は門を解錠すると、特命係のふたりの刑事を庭に招き入れた。亘が投げ入れたボールを拾い上げると、右京が作り笑いをしながら「助かりました」と礼を述べた。

慶子は腰に手を当てて、「呆れて、モノも言えませんよ。ボール遊びをしていたら、庭にボールが入ってしまったから、開けてもらえないかなんて。お悔やみをはるかに超える口実ですね」

亘が舌を出す。

「さすがに馬鹿馬鹿しすぎるから、よそうって言ったんですけどね」

「名案が浮かばなかったものですから。しかし、快く開けていただけて感謝します」

右京が慇懃に腰を折ると、慶子が焦《じ》れたように言った。

「まあ、毒にも薬にもならない会話はこのくらいにして、本題に移りましょうか。わたしにどういうご用ですか？」

「本題？　ご用？　あっ、いや、ですから屋敷の鍵を開けていただくために……」

とぼける右京を慶子が遮る。

「口実はもう結構です。魂胆が知りたいんです。わたしをここに呼び出した本当の理由。だって、お屋敷に入るだけならば、こんなややこしいまねをする必要ないじゃありませんか。ここは、犯行現場なんですから、特命最前線のおふたりなら、警察官の権限でいくらでも入れるでしょう」

「あっ、すみません」亘が小声で訂正する。「あの……特命係です」

右京がにんまりと笑って、告白した。

「たとえ、馬鹿馬鹿しすぎる口実であっても、あなたがそういうふうに深読みなさって来てくれるだろうと踏んでいました」

「深読みって……」

「呼び出したのは、本当に屋敷の鍵を開けてもらうため。それ以外の理由はありません」

右京のことばを裏付けるように、亘が「ええ」とうなずいた。

右京と亘は、めぐみ殺害の現場となったバルコニーの階段を検分に来たのだった。平井の供述はこうだった。

――三人目の妻のめぐみを殺したのは、平成二十九年八月十四日の夜九時を回った頃でした。浴衣を使うことを思いついて、この日、実行に移しました。着物に不慣れな人は、履物のせいもあって、歩くのが危なっかしかったりします。めぐみは、着物はもちろん、浴衣もほとんど着たことがなかったので、やはり、足元が少し覚束《おぼつか》ないようすでした。階段には、めぐみを転落させるための仕掛けをしておきました。仕掛けといっても、テグスを張っただけの簡単なものですが。ふたりでしばらくバルコニーで過ごしたあと、私は庭へ下りました。そして私は、下からめぐみに声をかけました。「めぐみ！下りておいでよ」と。するとめぐみは階段を下り始めました。ほろ酔い加減で、慣れない浴衣の裾を少し持ち上げながら、覚束ない足取りでゆっくりと。数段下りたところで、めぐみは声にならない悲鳴を上げて階段を転げ落ちました。私がめぐみを殺したのは、彼女がもはや私にとっては不要だったからです。

階段を調べ終えた右京が慶子に質問した。

「三人の奥様方は、それぞれ浪費家だったように聞いていますが、それは間違いありませんか？」

「そうですね」慶子が腕組みをして答える。「みんな、お金目当てで社長と結婚した節がありますす」

「それを言っちゃ、身も蓋《ふた》もないでしょう」

亘が苦笑したが、慶子は気にしなかった。

「社長もそれを承知で受け入れてたと思いますよ。欲しいものはいくらでも、買い与えてましたし」

「となれば、奥様方へのプレゼントなども一流品ばかりでしょうねえ」

右京のことばに、慶子が不満を漏らした。

「同じ女としては、うらやましい限りですよ」

「ああ、でも、不要になったら殺されちゃいますよ」

亘が茶化すと、慶子は顧問弁護士として釘を刺す。

「推測と決めつけで物を言わないように。社長は犯行を全面的に否認していますから」

「推定無罪」

亘のつぶやきを慶子は聞き逃さなかった。

「すっかり有名無実化してますけどね」

右京はふたりから離れて、再び階段を調べ始めた。

と、そこへ伊丹と芹沢が現れた。

「ありゃまあ、先生がご一緒とは」

平井の顧問弁護士の姿を認めた芹沢が声を上げると、慶子は小さく笑った。

「えっ、なにがおかしいの？」

伊丹の質問に、慶子が愉快そうに答える。

「いや、社長に訴えられた四人がそろい踏みだなと思って」

「おふたりそろって、どうしました？　現場百遍、基本に立ち返って捜査ですか？」

亘が捜一コンビに確認する。すると、伊丹が鼻を鳴らした。

「お前らこそ、まさか捜査してるんじゃねえよな？」

亘がアメフトのボールをこれ見よがしに掲げた。

「我々はこれ、庭に入っちゃったもんで」

「いいか、警告しとくぞ。お前らに捜査権はない」伊丹は亘に向かって忠告したあと、右京のほうを向いた。「わかってらっしゃいますよね？」

「ご親切に、警告どうも」

「特命最前線って、非捜査部門なんですか？」

小声で確認する慶子に、亘は首を振った。

「特命係です」


右京がトイレに立ったので、亘は芹沢とアメフトのボールでキャッチボールを始めた。そのようすを横目で見ながら、伊丹が慶子に訊いた。

「やっぱり、平井陽ともなると弁護料は破格なわけ？」

「ここぞとばかりに思いっきり吹っかけてます」

慶子が小悪魔のような微笑で応える。そのとき、芹沢が伊丹にパスを回した。

「先輩！」

伊丹は慌てながらも、かろうじてボールを受け取って、毒づいた。

「どうでもいいけど、トイレにいつまで、かかってるんだよ？」

「トイレなんか、嘘に決まってるでしょ。きっと目当てのとこを調べてますよ。何年、あの人と付き合ってるんですか」

亘が指摘したとおり、右京は平井夫人の部屋を勝手に調べていた。クローゼットを開けたり、ベッドのシーツをめくったりしていた右京は、ベッドの下に風呂敷包みを発見した。引っ張り出して風呂敷を開くと、浴衣と女性用の兵児帯《へこおび》、それに小町下駄《こまちげた》が出てきた。浴衣はもちろん、風呂敷に至るまでひとつずつ手に取って検めているところへ、待ちくたびれた四人がやってきた。

「あっ、ほら、いました」

亘を先頭に伊丹、芹沢、慶子の順に入ってくる。

「あんまりお帰りが遅いんで、心配しましたよ」

伊丹が皮肉たっぷりに言うと、右京が、わざとらしい弁明をした。

「申し訳ない。あまりにお屋敷が広いもので、道に迷ってしまいました」

「ほら、言い訳も俺の言ったとおりでしょ」

亘が捜一のふたりに耳打ちする。

「僕たちの警告、ちゃんと聞いてました？」

芹沢の苦言を、右京は「もちろん」と受け流す。

「そうは見えませんがね」

鼻を鳴らす伊丹を無視して、右京は慶子に質問した。

「これは亡くなったときに、めぐみさんが身につけていらしたものですかね？」

「こんなもの、どこで？」

「ベッドの下にありました」

「ご遺体を死に装束に着替えさせたあと、そのまま、置いておいたんだと思いますけど」

慶子が答えると、右京はここぞとばかりに言い張った。

「いや、その見解には異を唱えたい」

「えっ？」

「たしかにいったんは事故として処理されましたから、着替えさせた浴衣一式がベッドの下にあったとしても不思議はないでしょう。例えば、我々がお悔やみにお邪魔したあの日ならば……あっても不思議はありません。が、今あるのはおかしい。冠城くん、そう思いませんか？」

右京からバトンを渡され、亘が思考を巡らせた。

「事故ではなく、殺しじゃないかってことで、あのあと現場検証が入ってましたからね。当然、この部屋も調べられたはずです。もちろん、ベッドの下だって。けど、鑑識の資料にそんなものが発見されたという記載はなかった」

「ええ。発見されていれば、被害者《ガイシャ》が死亡時、身につけていたものですからね、場合によっては押収されるでしょうし、少なくとも、鑑識報告にはなんらかの記載があってしかるべきです。つまり、どういうことかというと、これは現場検証が終わったあとに、ここに置かれたものと考えられるわけですよ」右京はとうとうと述べると、部屋の隅へと移動した。「ついでに言いますとね、このウォークインクローゼットは、めぐみさんがお使いになっていたそうです。ですね？」

「ええ」慶子が認めた。

「つまり、めぐみさんが亡くなるまで、ここには、めぐみさんの衣類がぎっしりと詰まっていた。しかし、今はこうです」

右京がクローゼットを開ける、中はすっかり空っぽだった。

「平井陽によれば、妻の死亡時、その持ち物はすべて焼却したという。ところがですよ、これはこうして今も残っている」右京が浴衣一式を指し示す。「なにゆえ、これだけこうして残っているのか……。不可解ですねえ」

右京の疑問に答えられる者は誰もいなかった。

六

一時間後、平井邸の前に一台のタクシーが停まった。降りてきたのは和装の女性——

〈花の里〉の女将、月本幸子だった。右京が呼び出したのだ。

「すみませんね、急に」

右京がねぎらうと、幸子は笑顔で「いいえ」と返した。

右京に依頼され、幸子が浴衣を調べ始めた。

「ごく一般的な浴衣ですね。プレタの浴衣ですよ」

「いわゆる、吊るしんぼう。仕立て上がりを販売しているやつですね」

「ええ」幸子が浴衣の縫い目を検めた。「手縫いじゃなくて、ミシン縫いですし」

「高級な浴衣の生地というと、綿紅梅《めんこうばい》、綿絽《めんろ》、綿縮《めんちぢみ》、あるいは麻縮《あさちぢみ》などが思い浮かびますが……」

右京が蘊蓄《うんちく》を披露すると、幸子も専門用語で応えた。

「これは、ごく普通のコーマ地ですね」

「つまり、高級浴衣とは言えない？」

「とてもとても……」

幸子が断言するのを聞き、右京は嬉しそうに手を鳴らした。

「僕の見立てどおりです」

平井邸から立ち去りながら、芹沢が呆れたように言った。

「ゴーイング・マイ・ウェイ。相変わらずですね、杉下警部」

「あとで吠え面かくなよ」

伊丹がにんまりするのには訳があった。伊丹と芹沢は田臥から、こんな依頼を受けていたのだ。

——捜査権を持たないあのふたりが捜査していたことを証言してほしい。それと、あのふたりの捜査活動を黙認していたというような揚げ足取りを封じるためにも、最低一度はふたりに警告してほしい。

要するに、警告しつつ泳がせておくという作戦であった。

右京と亘は、幸子を伴って平井邸の庭を散歩していた。

「証拠品でしたら、またあとでゆっくりとお調べになったらよかったんじゃありませんか？」

幸子の疑問はもっともだったが、特命係には特命係の事情があった。

「いや、みんな意地悪だから、我々に調べさせてくれないんです」

亘がその事情を噛み砕いて説明し、右京があとを続けた。

「ですから、正式な証拠品となる前に自分の見立てが正しいか、確かめたかったもので、あなたに無理を言ってご足労願ったわけですよ」

「お役に立てたのでしたら光栄ですけど……。でも、あの浴衣の生地がどう事件と関係あるんですか？」

幸子のこの疑問には、右京は曖昧《あいまい》な笑みを浮かべるだけで答えなかった。


数時間後、刑事部捜査一課のフロアでは、鑑識課の益子が伊丹に詰め寄っていた。

「なにをどうしたらいいのか言ってくれよ！　『平井事件の証拠品だ。よろしく頼む』って置いていったきり、なんの指示もなきゃ、こっちだって困るんだよ！　なんの証拠だよ？　なにを調べればいい？　だから、なにが知りたいんだよ？」

それは伊丹自身にもわかっていなかった。特命係の変人警部が怪しいと睨《にら》んだ浴衣一式なので、なんらかの証拠だとは思われるのだが、それについて右京は教えてくれようとしなかったのだ。

益子に責められ、伊丹は思わず声を荒らげた。

「杉下右京に訊いてくれ！」

「はあ？」


その夜、サイバーセキュリティ対策本部では、亘と青木が言い争いをしていた。

亘が青木の胸倉をつかみ、壁に押し付ける。

「お前、俺の言うことが聞けないっていうのか！」

「ちょ、ちょ、ちょっと……」

怯《おび》えた表情の青木は言い返すことができなかった。騒動を聞きつけたサイバーセキュリティ対策本部の捜査官たちが、遠巻きにふたりを眺めている。

「ああ、すみません。続けてください」亘は捜査官たちに頭を下げると、青木を廊下に引きずり出した。「来い！」

「えっ！　ちょ、ちょ、ちょ……」

抵抗もむなしく、青木が連れていかれる。廊下に出たところで、亘が小声で青木に訊いた。

「こんな感じでいいのか？」

青木はけろっとした顔になり、「上出来です」と答えた。

亘がサイバーセキュリティ対策本部のほうに目をやった。

「ちょっと待て。俺、評判、悪くなるよな？」

「特命係選んだ時点で、評判なんか捨ててるでしょ」絶句する亘に、青木が説明する。

「馬鹿馬鹿しい小芝居に付き合わされてと思ってるかもしれませんけど、これは僕にとって、大切なリスクヘッジなんですからね。それだけ、特命係に協力することはリスクを伴うんです。それをわかってください」

「はいはい」

「万が一のときは、僕は迷わず、脅されて、不本意ながら協力したと主張します。ひとりの主張じゃ弱いから、それを裏付けるための証人をこしらえたんですから」

「わかった。よろしく頼むよ」

「任せといてください」

青木は右手で片目を押さえながら、部屋に戻っていった。

青木の同僚の谷崎荘司《たにざきそうじ》が心配そうに声をかけてきた。

「大丈夫か？」

「気に入らないと暴力に訴える、哀れな奴ですよ。人格が破綻《はたん》してるのかもしれない」

語気も荒く、青木が吐き捨てた。


特命係の小部屋を訪れた田臥准慈は険しい顔をしていた。右京と亘に文句を言いにきたのだが亘はおらず、右京にも反省の色は見られない。田臥に自慢の紅茶を振る舞いながら、「特にはしゃいでたつもりはありませんがねえ……」と弁明した。

「アメフトのボールを小道具にして邸内に侵入し、勝手に家宅捜索《ガサいれ》をおこない、浴衣を発見して嬉々としているようすは、はしゃいでいるように見えたんじゃありませんか？」

田臥が硬い表情を崩さずに指摘しても、右京は、「まあ、伊丹、芹沢両刑事の目には、そう映ったのかもしれませんが」と受け流す。

「はしゃいでいたかどうかは置いておくとして、手応えはあったようですね」

田臥が右京に鋭い視線を向ける。

「そうですねえ、ある程度は」

ティーカップを手に右京が答えたところへ、亘が戻ってきた。検察官が憮然《ぶぜん》としたようすで座っているのを見て、事情を察したようだった。

「小言、いただいてる最中ですか？」

「いえ、まだいただいてはいません。これからかもしれませんが」

ふたりの緊張感のない会話を聞いて、田臥が亘に注意した。

「度重なる警告を無視して、傍若無人な振る舞い、いい度胸だな」

亘が壁にもたれて言い返す。

「なにしに来た？　これから説教か？」

「いや」田臥は否定した。「どう手応えがあったのか、具体的に聞かせてもらおうと思ってな」

「うん？」

「本日の我々の行動の一部始終は、伊丹さんたちからお聞きのようです」右京は亘に説明した後、田臥に確認する。「手応えの具体的内容というと、あの浴衣一式に関してでしょうかね？」

「ええ。あなたの推理をお聞きしたい」

田臥の高圧的な態度に、亘が嚙みついた。

「それが聞きたいなら、俺たちを捜査に参加させろ。そうだろ？　捜査は許さないが、収穫はこっちによこせじゃ、虫がよすぎる。言っておくぞ。そもそも、俺らの捜査権についてては、一種のグレーゾーンだからな」

田臥は一歩も引かなかった。

「仕事柄、グレーは好まん。白黒はっきりつけたい性分でね。それと冠城くん、君はまだ巡査だろ。たとえ捜査部門にいたとしても、司法警察員としては見習いという身分だ。偉そうにするな」

「右京さん、俺、プライド、ズタズタですよ」

亘がおどけて泣きついたが、右京は相手にせず、田臥に言った。

「推理と呼べるほどのものじゃありませんが、お聞かせしましょうか？」

「浴衣の生地については鑑識でも一応調べてみました。あなたと〈花の里〉の女将さんの見立てどおり、綿コーマのごくごく一般的な浴衣でした。兵児帯はポリエステル、下駄は桐。おそらく、浴衣と帯と下駄の三点セットで販売されていたものではないかと」

田臥のことばを受け、右京が見解を述べた。

「あんな普及品を平井が買い求めるかというのが、まず疑問です。平井が妻に買ってやるならば、安物の吊るしんぼうではなく、おそらくそれなりの価格のものを生地から仕立ててやるでしょう」

「しかし、あれは、いわば殺しのための小道具ですからね」

「安物でも構わない？」

「そういう考え方もできるでしょう」

田臥の見方に亘が異を唱える。

「だけど、平井は同じ殺しの小道具にダイヤの指輪を買ってる。ふたり目の妻、加世子さん殺害のときだ」

右京が紅茶を口に含んでから補足した。

「殺害後、指輪は回収し燃やして捨てたということで現物はありませんが、買い求めたという宝石店の販売記録により間違いなく本物のダイヤの指輪、相当に高額な品だったことが判明しています」

「たしかにそうですが、浴衣の場合、指輪のように思い立ってすぐってわけにはいかない。仕立てるとなれば、ひと月ぐらいかかったりしますからね」

「そういう労力を厭わないタイプだろ、平井っていうのは。自分のルールをおざなりにするとは思えない」

　亘が平井の性格に触れると、田臥は渋々「ああ」と認めた。

「指輪と同様、浴衣を殺しの小道具と考えるならば、殺害後、焼却処分してしかるべきです。ところが残っていた。この点も大いに疑問ですねえ。さらにもうひとつ」右京は人差し指を立てる。「疑問は風呂敷です」

「風呂敷？」

「ええ。浴衣一式をくるんでいた風呂敷。お調べになりましたか？　あれはオーダーメイドなんですよ。それなりの品です。浴衣とは釣り合いが取れていない。そのチグハグさも気になりますねえ」

　田臥はすっかり右京の推理に魅了されていた。

「で、それらの疑問に対する解答は？」

「今、探しているところですよ」

　右京ははぐらかしたが、田臥は諦めなかった。

「わかっています。だから、言ったじゃありませんか。あなたの推理を聞きたいと。それが正解かどうかは、あとの話。あなたなりの解釈が当然あるでしょう？　ここまで話したんだ。聞かせてください」

　右京が田臥の目を見て語った。

「本人が脅迫によるものと主張している平井の自供ですが、ひとり目とふたり目の奥様の殺害については、おおよそ真実を語っているように思います。しかし、三人目の奥様、めぐみさん殺害についての供述は、でたらめではないかと」

七

甲斐峯秋は都内のワインバーで赤ワインのグラスを傾けていた。テーブルの向かいには社美彌子が座っている。

ワインに口をつけて、美彌子が訊いた。

「受けて立つおつもりですか？」

峯秋が苦笑いを浮かべた。

「どうするか、迷ってる」

「向こうの魂胆は明白じゃありませんか」

美彌子の言う向こうとは、衣笠副総監のことであった。峯秋が上半身を美彌子のほうへ傾けた。

「例えば、君ならどうする？」

「断りますね」美彌子は即答した。「調教不能な暴れ馬二頭……リスクが大きすぎます」

「そうか……」

峯秋はソファの背に身を預けて、ワイングラスを手に取った。

「ええ」と答えながらも、美彌子は頭の中で思案に暮れていた。


田臥は東京地検の刑事部第七検察官室で平井を取り調べようとしていた。しかし、最初に質問を放ったのは、田臥ではなく平井のほうだった。

「前の検事は尻尾を巻いて逃げ出したのかい？」

「ここはあなたの質問する場ではありません」

田臥が突っぱねたが、平井は動じなかった。

「前のはいきなり、僕をお前呼ばわりするろくでもない奴だったが、あんたは多少マシだ」

傍若無人な平井の態度に、事務官の檜山栄子が眉をひそめる。田臥は取り調べを開始した。

「さて、今日が初対面ということで、改めて確認しておきたいことがあります」

数時間後、平井は他の勾留者とともに護送車で警視庁の地下駐車場に戻ってきた。護送車から降り、何気なく視線を上げた平井は、右京と亘の姿を見つけた。

「おお！　元気だった？」平井が声を上げる。「伝えたいことがある。あとで、与謝野に行かせるよ」

「黙れ！　さっさと来い！」

留置管理係の職員に追い立てられ、平井は庁舎の中へ消えていった。その後ろ姿を見やって、亘が右京に言った。

「これは警告無視でもなんでもありませんよね？」

「我々はたまたま通りかかっただけですから」

人を食ったような右京の返答に、亘がたじろぐ。

「そんな理屈、通るんですか？」

「物は試し。とがめられたら、そう言ってみましょう」

「右京さん、ところどころ大雑把ですよね？」

亘が上司をからかった。


特命係の小部屋に戻った右京と亘は、思わぬ来客に驚かされた。広報課長の社美彌子がアポもなく待ち受けていたのである。

「勝手にお邪魔していました」

挨拶する美彌子に、右京は気軽に応じた。

「これはどうも。ご無沙汰でしたねえ」

「どうしました？」

亘が訊くと、美彌子は「毛艶を確かめに」と小声で独語したあと、入手した情報を伝えた。

「あの田臥って検事、日下部事務次官の子飼いだそうよ。彼の背後で日下部事務次官が糸を引いているんじゃないかって。そうじゃなきゃ、今回の脅迫の告訴に検察が動くはずがない」

「昔取った杵柄《きねづか》。内調時代のツテを駆使しましたか？」

美彌子はかつて内閣情報調査室に出向していたことがある。それを知っている亘がかまをかけたが、美彌子は無視して、右京と向き合った。

「日下部事務次官となにかありました？」

「さあ？」右京がとぼける。

「仮にあったとしても、詳しく聞くつもりはありません。が、少しおとなしくしていたほうが身のためじゃありません？　少なくとも田臥検事の魂胆がはっきりするまでは」

美彌子が忠告すると、右京は作り笑いを浮かべた。

「ご心配いただき感謝しますが、延長したとはいえ、勾留期限がありますからねえ。悠長にしていられないんですよ」

「そうですか、わかりました」

さっさと部屋から出ていく美彌子に、亘が声をかけた。

「すみません。せっかく、我々の身を案じてくださってるのに」

「いいの。少しは人の言うことを聞くかどうか、試してみただけだから」

振り向きもせず、美彌子はそう言って出ていった。


留置場の中で与えられた弁当を口に運びながら、平井は田臥による取り調べを思い出していた。

田臥は、三人目の妻であるめぐみ殺害の供述がでたらめではないかと指摘してきた。それに対して、平井はこう答えたのだった。

「でたらめ……。たしかにそのとおりだな。しかし、三人目だけじゃない。でたらめと言うならば、ひとり目もふたり目もでたらめだ。なぜなら、あの供述は脅迫によるものだからね。無理やり言わされた。真実は、三人とも事故死なんだよ。僕は殺人犯なんかじゃない。おわかりかな?」

田臥の指摘は、本当に彼自身の考えなのだろうか……。いつしか平井の箸が止まっていた。

与謝野慶子はとある公園で特命係のふたりと会っていた。

慶子がふたりに言った。

「三人目の供述がでたらめではないかという検事の指摘、あなた方の受け売りではないかと社長は言っています。昨日のお屋敷での浴衣の一件を報告しましたので、そう思ったんでしょう」

「そして、三件目だけでなく、一件目も二件目も、すなわち供述すべてがでたらめだとお答えになりましたか……」

右京が平井の言動を読む。

「ええ。改めて、強く無実を主張したと」

「平井らしいな。わざわざ、我々にそんなこと、伝えてこいって？」

亘は呆れたが、本当に呆気《あっけ》にとられるのはこれからだった。慶子がカバンからおもむろにビデオカメラを取り出した。

「いえ、本題はこれから」と言いつつ、ビデオカメラのモニター画面を開け、動画を再生する。警視庁の接見室で余裕綽々《よゆうしゃくしゃく》として語る平井の姿が映し出された。

――ごきげんよう。杉下さん、冠城さん。与謝野から聞いたが、あなた方はずいぶんと虐げられているようだね。捜査はまかりならんと申し渡されているとか。しかし、そんなものは屁の河童。おふたりは果敢に捜査を続けているようで、その反骨精神やよし、だ。非常に頼もしく思う。そこで提案だが……よく聞きたまえよ、僕の濡れ衣を晴らしてみる気はないかね？　僕の供述がでたらめであるということを証明してほしい。殺人なんかではなく、三件すべてが事故死だということを立証してくれ。どうだろう？　あ、なんの見返りもなくこんなことを頼むほど、僕は図々しい人間じゃない。それをしてくれるというならば、相当の見返りを与えよう。その見返りとは……ふたりへの告訴を取り下げることだ。どうだ？　悪い話じゃあるまい？　いい返事を期待しているよ。

特命係のふたりが啞然《あぜん》とするなか、慶子は再生を終了し、ビデオカメラをカバンにしまった。

「ということで、返事をもらってこいとの仰せなんですが」

「これって、我々をからかってる？」と亘。

「社長はいつも真剣です。とはいえ、お返事はわかりきっていますので結構です。そう伝えます」

やるだけのことはやったというようすで立ち去ろうとする慶子に、右京が言った。

「ご期待に沿えず、申し訳ありませんねえ」

警視庁の接見室に戻った慶子は平井と面会して、特命係のふたりとの会見の首尾を伝えた。

「告訴の取り下げではなく、金のほうがよかったかな？　欲しいだけの額をやるということならば……」

　性懲りもなくうそぶく平井に、慶子はうんざりした顔で言い返す。

「無理ですよ。どんなことをしても、ふたりは社長の手下になんかなりませんよ」

「手下」そのことばが面白かったのか、平井は愉快そうに笑った。「人を盗賊みたいに。ならば、君は僕の手下か？」

「そういう思いで働いています」

「そうか。よかろう。さすれば、手下に尋ねよう。僕は起訴を免れないだろうか？」

「はあ？」

　あまりに自分の立場をわきまえていない平井に、慶子は呆れるしかなかった。しかし、平井は真剣だった。

「本来、嫌疑なしの不起訴を望むが、この際だ、嫌疑不十分の不起訴でもいい。どうかな？」

「嫌疑なしはおろか、嫌疑不十分でもハードルが高すぎて無理です」

　慶子がいくら強い口調で反論しても、平井は悪びれる風もなかった。

「ならば、起訴猶予」

　慶子はあえて大きくため息をつき、「これだけ耳目を集めている重大事件の起訴猶予なんてあり得ません」と断じた。

「どうしても起訴されるのか……」

「検察は意地でも起訴しますよ」

平井が妙案を思いついたように、「裁判員裁判だね？」と訊く。

「ええ」

「裁判員を買収できないか？　どうしても裁判になるならば仕方ない。裁判には付き合おう。けれど、判決は無罪にしたい。無罪を確実にするために、裁判員に金を握らせる。どうかな？」

無言で睨みつける顧問弁護士を放ったまま、平井が続ける。

「判決は多数決で決まるそうじゃないか。死刑判決ですら、全員一致は必要なく、多数決。素晴らしきかな、民主主義だね。多数決ならば、全員買収の必要はなく、判事三人、裁判員六人の計九人だから、裁判員五人を抱きこめばいい。聞いてるか？」

「無理です！」慶子が感情を爆発させた。

「やりもしないうちから……」

「やりようがありません！」

「いくらかかってもいいぞ」

「そういう問題じゃありませんし、そもそも多数決といっても、そこには判事の票が必ず必要なんです。つまり、最低一票は判事の票が入っていないと、多数意見も無効ということになります」

「ふーん、判事も買収しないと駄目ということか……。なるほど。となると、ハードルは高いか……」

ようやく負けを認めたらしい平井に、慶子がほっとした口調で、「おわかりいただけましたか？」と訊いた。

「うん。役に立たん手下だということがな」

もはや慶子には返すことばもなかった。接見室で平井の独白が続く。

「しかし、浴衣は失敗だったなあ。僕の律義な性格が災いしたね。彼らはどこまで迫ってくるだろうね？」


翌日、右京と亘は東京地検公判部の検察官、羽鳥功郎《はとりいさお》を訪ねた。

「風呂敷について訊きたいというのは、どういうことでしょう？」

興味津々のようすの羽鳥に、右京が訊いた。

「検事さんの多くは風呂敷を活用なさってますすねえ？」

羽鳥が穏やかな笑顔で答える。

「便利ですからね。形状のさまざまな裁判資料を持ち運ぶのに」

「官給品、お使いですか？」

亘が尋ねると、羽鳥は実物を持ち出し、広げてみせた。風呂敷には桐の紋が入り、「東京地検」という文字が染め抜かれていた。

数日後、〈与謝野法律事務所〉でデスクワークをしていた慶子のスマホに着信があった。ディスプレイに表示された「杉下右京」の文字に、慶子は軽くため息をついてから、電話に出た。

「どうも。ここ数日、音沙汰ありませんでしたね」

――ええ、いろいろと。実は、ひとつお願いがあるのですが。

「お願い？」

八

右京と亘は平井邸に与謝野慶子を呼び出した。三人が平井夫人の部屋に移動し、右京が「それでは、さっそく……」と切り出したところへ、伊丹が大股で入ってきた。

「なにが始まるのかな？」

伊丹の背後には芹沢に腕を取られた青木の姿もあった。

「あなた方はご招待してませんけど？」

亘のことばを伊丹が「黙れ」とはねつけると、芹沢が嫌みたっぷりに言った。

「性懲りもなくまだ捜査してるみたいだね」

「嫌がるこいつを脅して、情報を取らせたんだって？」

伊丹が青木を引き寄せながら言うと、青木が申し訳なさそうに謝った。

「すみません。特命に調査結果を報告しに行った帰り、呼び止められまして、事実をありのままに言いました」

芹沢がスーツの内ポケットから手帳を取り出して、開いた。

「あれだけ警告したのに、ここ数日もあちこち動いてたでしょう？　平井の屋敷の付近をうろうろしたかと思えば、近くの大型スーパーのぞいたり、地裁へ行ったり、地検へ行ったり、ああ、忙しい！　なんなら詳しい日時も言おうか？」

「あれ？　マジで俺たちを監視してます？」

亘が軽口を叩くと、伊丹が憤慨した。

「されたくなかったら余計なまね、するんじゃねえよ」

慶子は刑事たちの険悪なムードに辟易《へきえき》したようだった。

「なんかお取りこみのようすなので、わたし、出直しましょうか？」

「いえ、それには及びません」右京は慶子を引き留め、伊丹に提案した。「なにが始まるか、よろしければ、ご覧になっていたらいかがですか？」

「ええ、そうさせてもらいましょうかね。せっかくだから」

「では、改めて」右京が伊丹たちに説明する。「ビデオメッセージですよ。本当は直接会って伝えたいのですが、会わせていただけないもので仕方なく」

「与謝野先生、こちらへどうぞ」

亘の勧めに応じ、慶子が右京の正面に移動し着席した。右京も着席したところで、慶子は三脚にビデオカメラをセットし、録画ボタンを押した。

「いつでも、どうぞ」

ビデオカメラに向かって、右京が語り始める。

「今日、こうしてあなたへメッセージを送るのは、あなたの三人目の奥様、めぐみさん殺害についての供述はやはりでたらめ、真相はこうだったのではないかということが、かなり鮮明に見えてきたからです。ご承知のとおり、その鍵となったのはお宅で発見した浴衣一式でした。殺害の小道具とはいえ、なぜあのような普及品を使ったのか？　それは、前の二件が計画的犯行だったのに対し、三件目は突発的犯行だったからなのです」

伊丹と芹沢、青木が驚いたような顔になる。右京は気にすることもなく続けた。

「突発的犯行、すなわち、計画外ですから、当然、あなたにふさわしい贅沢な小道具が準備できず、あのような普及品でお茶を濁すことになってしまったわけですよ。実は、そのヒントとなったのは、浴衣をくるんでいた風呂敷でした。既製品ではなく、あつらえの風呂敷です。ある意味、くるまれていた浴衣とは対照的な品でした。どういうことなのだろうかと思いを巡らせたとき、非常に素朴な、しかし重要な一点が気になり始めました。この風呂敷はあなたのものなのだろうかと。一方で、浴衣を含め、風呂敷が発見された状況が蘇りました」

右京の語りが続くにつれ、慶子の顔が少しずつ強張《こわば》ってきた。

「めぐみさんの遺品はいっさいがっさいが焼却処分されていたのに、これだけが残っていた。しかも、家宅捜索をすり抜けて。勘案するに、この風呂敷はあなたのものではないのではないか。ゆえに処分に躊躇《ちゅうちょ》したものを、ああいう形で発見されてしまったのではないか。そんな考えが脳裏をよぎったのです。そこで我々は、風呂敷が誰のものかを調べ始めました」

ここで右京は芹沢に向かって言った。

「先ほどの地裁に行ったり地検に行ったりというのは、その調査なんですよ」

「地裁や地検で持ち主がわかるんですか?」

芹沢の質問に答えたのは亘だった。

「やみくもに調査してたわけじゃありません。とりあえず目星を付けて、その裏付け調査で地裁や地検に。地裁には民事裁判の記録を閲覧に行ったけど、我々の情報だけじゃ検索できず。ならば刑事裁判の記録を求めて地検に行ってみたけど、なんのかんのと理屈をこねられて閲覧できず」

亘の発言を、右京が継いだ。

「それでも、なんとか彼のツテで、求める裁判記録が閲覧でき、そのおかげで東京地検公判部の検事さんにお目にかかることができました」

あの日、官給品の風呂敷を広げて、羽鳥は言った。

――色目も柄もいいので、気に入って使ってるんですよ。

右京が同意しながら、「弁護士さんでも、風呂敷をお使いになってる方はいらっしゃいますよね？　検察官ほどの普及率ではないにせよ」と水を向けると、羽鳥はうなずいた。

――たまにね。まあ数は少ないですけど、いますよ。

「弁護士の与謝野慶子さん、覚えてます？　一度、法廷で対決なさってますよね？　ちんけな窃盗犯の国選弁護についたときです」

亘がスマホに慶子の写真を表示すると、羽鳥はすぐに思い出した。そしてこう言ったのだった。

――派手めな美人なんで、よく覚えてますよ。あっ、そうだ。彼女、風呂敷使ってたな。

右京がビデオメッセージを続けた。

「我々は、あなたの弁護士である与謝野慶子さんこそ、風呂敷の持ち主ではないかと目星を付け、法廷で与謝野さんと対決した検事さんを探し出し、与謝野さんが法廷で風呂敷を使っているという証言を得ることができました。あつらえのあの風呂敷、与謝野さんのものではありませんかねえ？　おっと、これは目の前のご本人に直接訊いたほうが早いですね」

右京に視線を向けられ、慶子は録画をいったん停止して訊いた。

「仮にそうだったとしたら、なんだとおっしゃるんですか？」

「まず、こちらの質問にお答え願えませんかね？」

「答えは保留します。続けてください」

慶子は右京の要請を断り、ビデオの録画を再開した。右京は気を取り直して続けた。

「残念ながら、与謝野さんから明快なお答えは得られませんでしたが、とにかく先へ進みます。我々はあの風呂敷が与謝野さんのものだと思っています。つまり、あなたのものではない。そして実は、くるまれていた浴衣もあなたのものではないんです。正確に言うならば、あなたがご自分で調達したものではない。だから、あなたは処分することを躊躇したんです。やはり持ち主に返却すべきではないかと思ったんです。さて浴衣ですが、浴衣を調達したのは、与謝野さんではありませんかね？　あっ、これも目の前のご本人に訊いてみましょう。お答えいただけるといいのですが……」右京が再び慶子に目を向けた。「浴衣を調達したのはあなたですね？　平成二十九年八月十四日の夜。そう、めぐみさんが亡くなった夜ですよ」

目を伏せる慶子に、亘が告げる。

「なんの根拠もなく言ってるんじゃありません。さっきの、平井の屋敷の付近をうろうろしたかと思えば、近くの大型スーパーをのぞいたりってのが、この調査。屋敷近くの防犯カメラの位置を確認したり、そのスーパーで夏場、浴衣を売ってたかどうか、確認したりしていたんだ」

「彼に調べてもらったのは……」右京は言いかけたのを中断し、亘に問い質した。「あ、改めて訊きますが、君は調べてもらうのに、本当に青木くんを脅したんですか？」

「脅しました」亘が青木のほうを向く。「目撃者も多数います。なんなら確認を」

青木が前に出て、証言した。

「冠城さんも、切羽詰まってたんだと思います。僕は罪を憎んで人を憎まずですから、どうか、この件は穏便に」

右京が中断した話の続きに戻る。

「調べてもらったのは八月十四日、午後九時前後の、平井邸付近の防犯カメラの映像です。あなたが映ってらっしゃいましたよ。スーパー〈グース〉の袋を持って……。あなたはあの夜、大型スーパー〈グース〉で浴衣セットを買い、平井邸へ届けた。そうですね？」

　黙秘する慶子に、青木が追い打ちをかける。

「調べたのは防犯カメラの映像だけじゃありませんよ。Nシステムで記録も調べました。それを解析すると、あなたは八月十四日の午後八時過ぎにご自宅を出発し、大型スーパー〈グース〉に立ち寄って、午後九時前に平井邸に到着していることがうかがえます」

　右京がビデオカメラに向かって語りかける。

「先ほど三件目は突発的犯行だったと申し上げましたが、計画的だった前の二件と違い、殺してしまったあとで事故死に見せかけるのにあなたは苦慮しました。そこで、与謝野さんに連絡をした。なんとかしてほしいと……」

　青木が右京の隣に移動し、さらに慶子を追いつめる。

「ちなみに、八月十四日の平井陽との通話記録も調べました。あなたは平井と何度か電話でやりとりしてますね」

「ちょい、ちょ、ちょ……。お前は黙ってろ」

　亘が青木をどかそうとしたが、青木は「補足したほうがわかりやすいでしょ？」と反論した。

　右京はそんなふたりに取り合わず、ビデオカメラにメッセージを語り続ける。

「着慣れない浴衣の裾に足を取られて転落死というのは、与謝野さんの考えた筋書きだった。そうではありませんか？　小道具である浴衣も与謝野さんが調達した。そういうことなんです」

慶子は眉をひそめて、録画を終了させた。

「社長へのメッセージというのは口実。わたしを追いこむために、こんな場を設けたわけですね」

「あなたは三件目の真相をご存じのはずですから、ぜひともお訊きしたいと思いましてねえ。平井陽に訊いたところで無駄、のらりくらりとかわされるだけでしょうからね」

伊丹が慶子の前に立った。

「非常に興味深く拝聴いたしました。どうです、先生。場所を変えて、もう少し詳しくお話をおうかがいできればと、たった今、思い立ったんですが」

「任意で引っ張って、脅迫で自供を取りますか？」

慶子のことばに、芹沢が反応した。

「脅迫なんかするように見えます、僕たち？」

慶子が椅子から立ち上がり、きっぱり言った。

「任意同行はお断りします」

「逮捕状を持ってこいと？」

憎々しげな顔の伊丹に、右京が助言する。

「浴衣の販売ルートを調べれば〈グース〉が挙がるでしょうし、日にちも、おおよその時間もわかっているのですから、聞きこみ次第では与謝野さんが購入したという裏が取れるかもしれません。そうすれば逮捕状を……」

「そんなこと、ご教示いただかなくても結構」

刑事たちの小競り合いなど興味ないとばかりに立ち去ろうとする慶子に、亘が問いかける。

「あっ、風呂敷。あの風呂敷、あなたのですよね？　せめてそれぐらい答えてくださいよ」

慶子は足を止め、自棄《やけ》気味に答えた。

「ええ、ずいぶん前、社長に届け物をしたときに置いていって、そのままになっていたものです」

「やはり返却すべき風呂敷には、まったく関係ないものを包んだりしない。その人に返却すべきもの、包みますよね？」

亘が指摘すると、慶子は忌々しげに、「変なとこ、律義なんです、社長は」と言ったあと、特命係のふたりに反撃した。「得意げに捜査してらっしゃいますけども、ご自分たちの足元にご注意なさったほうが。田臥検事の標的はおふたりですよ。社長の告訴状を受理したのも、異例の担当交代によって捜査の陣頭指揮を執り始めたのも、狙いはおふたりの違法捜査の立件だと思います」

「どうして、そうお思いになるのですか？」

右京が問いかけると、慶子は硬い顔で答えた。

「田臥検事もわたしも、しょせんは法曹界にうごめく同じ穴の狢《むじな》。そもそも根っこは一緒で、たまたま検事、判事、弁護士と三者に分かれて闘っているにすぎません。なんとなく相手の考えが読めるんですよ」

そう言い残し、慶子は去っていった。

翌日、東京地検刑事部第七検察官室で、田臥は平井の取り調べをおこなっていた。

「不起訴？　理由を聞かせてもらおう」

不満そうな平井を、田臥が突っぱねた。

「理由は開示していません。とにかく不起訴という決定を下しました」

「つまり、僕を脅迫したあの四人は野放しということだね」

「そんなことより、あなたには新たな弁護人を選定していただく必要があります」

田臥のことばは平井には予想外だった。

「なんだと？」

「与謝野慶子は犯人隠避の容疑で逮捕されました」

田臥が告げると、いつも余裕綽々の平井の目が珍しく泳いだ。

警視庁の廊下で、田臥は特命係のふたりと出くわした。

田臥が捜査の状況をふたりに漏らす。

「与謝野慶子、ようやく供述を始めたようです。あの夜、平井はバルコニーで妻めぐみといさかいになり、カッとなって階段から突き落としてしまった。平井はすぐに冷静になり、弁護士の与謝野慶子に連絡して、とにかく事故死に見せかけろと命令した。まあそのあとは、おおむねあなた方の想像どおりです」

「そうですか」右京はにこりともしなかった。

「いずれにしろ、三件目の犯行に第三者が関与していて、それを裏付ける証拠と供述が取れたことは、平井の起訴に向けて非常に大きな成果でした」

「礼はいらない」亘が鷹揚《おうよう》な態度をみせた。「そんなことより、俺たちを立件するんだって？」

「彼女から聞いたんだってな」

「やはり、本当か？」

田臥が右京と向き合った。

「首を洗って待っててください。君もだよ、冠城くん」

立ち去ろうとする田臥を亘が呼び止めた。

「ちょっと待って。どうして俺たちをそう目の敵にする？　お前がしゃかりきになって立件を目指す理由がわからない。そもそも、俺たちにはなんの因縁もないはずだ。あの人の差し金か？」

「僕は法を犯す者を許せないんだよ。発見したら、退治しようとするのは当然だろ」

強気に言い切る田臥に、右京が鋭い視線を浴びせた。

「まあ、いかように理屈をお使いになろうと構いませんが、いつでも受けて立ちますよ。……と、あの方へお伝えください」

警視庁の副総監室には首席監察官の大河内春樹《おおこうちはるき》の姿があった。検察が特命係のふたりを立件するという異例の事態の報告に来たのだ。

「立件だと？」衣笠が呆れた声を出す。

大河内は苦り切った顔で、「ええ。捜査権のない者が捜査をしていた廉《かど》で」と告げた。

「本気かね？」

「いたって本気のようです」

「うむ……」

考えこむ衣笠に、大河内が進言する。

「特命係のふたりは諸刃《もろは》の剣《つるぎ》です。これをひとつの潮時と捉えるのもありかと」

衣笠は別の考えだった。

「いいや、まだ早い。今のままだと吹っ飛ぶのは彼らだけだ。爆破するならば、しっかりと紐《ひも》がついてからだよ」

「紐というと……？」

「紐は紐だよ、大河内くん。爆破の巻き添えを食らう紐だよ」


衣笠は内村と中園を呼びつけると、とあることを命じた。

「私が命令をですか？」

承服しかねるようすの内村に、衣笠が重ねて命じる。

「そうだ。今回の平井事件の捜査に参加しろと命じた」

「いや、私は口が裂けても、そのような命令を特命係のふたりにするようなことは……」

「いや、したんだ」衣笠が内村に指を突きつけ、その指を中園へ向けた。「そして、君はそれを聞いていたから、捜一の部下にも徹底した」

「いやいや、私はそのようなことを、全然聞いては……」

懸命に断ろうとする中園に、衣笠が再度指を突きつける。

「いや、聞いたんだ！　とにかく、君は命令した。そして君は、それを聞いて部下に徹底した。わかったな？」衣笠は内村と中園に交互に迫ったが、なかなか納得しないので、ついに大声でどなった。「これは命令だ！」

「はっ！」

刑事部長と参事官がついに折れた。


いつぞやのオープンカフェで日下部と田臥が密談していた。

「思わぬ邪魔が入ったか」

田臥が顔を伏せて述懐する。

「まさか、刑事部長がふたりに捜査命令を下したと言い出すとは」

「命令があったとなると、違法性は問えないな」

日下部が確認すると、田臥は悔しそうに、「それは前にお話ししたとおりです」と答えた。

「わかった」

日下部は感情を表に出すことなく、読みかけの新聞を持って立ち上がった。

「お役に立てず、申し訳ありません」

深々と頭を下げる田臥に、日下部が訊いた。

「冠城が脅していたという特別捜査官は青木年男か？」

「ご存じですか？」

「ちょっとな。そうか……」

日下部が去ったテーブルの下で、田臥は屈辱のあまり、紙ナプキンを握りつぶしていた。


衣笠は甲斐峯秋の答えを聞くために警察庁を訪れていた。

「お考えいただけましたか？」

衣笠が探るように切り出すと、峯秋は「まあ、話に乗っかってみるのも悪くないなと思ってる」と決意を述べた。

「そうですか。ぜひ、お願いしますよ」

喜びを隠せない衣笠に、峯秋が含みのあることばを返す。

「しかし、君を後悔させるようなことにならなければいいんだが……」

「あなたのことです。そんな心配はまったくしておりませんよ」

衣笠も本心を腹に隠して答えた。

その夜、日下部は青木に電話をかけた。

「どうだい？　今度、ゆっくりと食事でも」

――光栄ですが、どうして私なんかと？

「なんだかあなたが面白そうだから」

そのことばを聞いて、青木の頬が思わず緩んだ。


翌朝、亘は特命係の小部屋で右京に話しかけていた。

「一向に立件されませんね」

「いろいろとご都合があるんじゃありませんか」

「まあ、いつクビになるかわからないし、できるときに精一杯、捜査しときますか」

「ええ、そうしましょう」

まったく懲りていないふたりがそんな会話を交わしているところへ、組織犯罪対策部の角田六郎が「おい、暇か？」と入ってきた。その角田がふたりにもたらした情報は、あまりに予想外のものだった。

「聞いたか？　特命係、甲斐さんの配下になるそうだぞ」

「甲斐さんって、甲斐峯秋？」

信じられない思いで訊き返す亘に、角田は「うん」とうなずいた。

「配下って？」

「手下だろう。まあ、引っ越しとかあるわけじゃなく、組織図上の変更らしいけどな。よくは知らん」

事情通の角田もすべてを知っているわけではなかった。

「なにが起こってるんですかね？」

亘は右京に訊いたが、事情通ではない右京にわかるはずもなかった。

「さあ」

「よくないことの前触れかも」

亘が不安を口にしたが、右京は気に留めるようすもなかった。

「かもしれませんが、なにか具体的に起こってから考えましょう」

亘は右京をしげしげと眺めてから言った。

「そういう大雑把なところ、嫌いじゃありませんよ」

「それは、どうも」

右京はおざなりに答え、紅茶をすすった。

第二話

「銀婚式」

一

〈貴城商事《たかしろしょうじ》〉の専務、瀬川巧《せがわたくみ》は社用車で帰宅するときも、タブレット端末で仕事をしていた。

後部座席で隣に座る秘書の片岡美加《かたおかみか》がスケジュールを読み上げる。

「明日は朝食会のあと、香港支社とのオンライン会議。十一時からはプラント部門のプロジェクト会議です」

巧はタブレットに目を落としたまま、「うん。資料を用意しておいて」と命じた。

「はい」

ふとなにかを思い出したかのように、巧が顔を上げた。

「そういえば君、今日の午前中、休んでたみたいだけど」

美加が明るく答える。

「両親が知人の結婚式で上京してきたもので、迎えに」

「そうか」

後部座席の会話を聞くともなく聞いていたお抱え運転手が、巧に声をかけた。

「専務と楓《かえで》奥様も、来月は銀婚式でございますね」

「ああ。二十五年なんて、長いようであっという間だね」

巧の顔が思わずほころんだ。

その頃、巧の妻、楓は自宅マンションのダイニングルームで、電動車椅子の上から壁の時計を見上げていた。

「もう八時過ぎよ。今日中に届く約束なのに……」

キッチンで料理をしていた家政婦のセツが、楓を安心させるように言った。

「大丈夫ですよ、奥様。まだ最終の宅配便が回ってる時間ですから」

と、ちょうどそのときインターホンのチャイムが鳴った。楓が目を輝かせる。

「わたしが出るわ」

部屋の中には白衣を着た専属介護士の牧野準《まきのじゅん》もいたが、楓は自分で電動車椅子を操縦し、玄関へ向かった、インターホンのディスプレイ画面には、エントランスの光景が映っていた。両手で段ボール箱を抱えた宅配業者の姿が確認できる。

「はい」

楓が通話ボタンを押して応答すると、宅配業者の声がスピーカーから流れてきた。

――お荷物、お届けに参りました。

五分後、手が空いたセツがテーブルの上に置かれた段ボール箱を開けた。先ほど宅配業者が届けにきた箱である。中には、おしゃれなデザインの銀婚式の招待状が詰まっていた。

「まあ、素敵！　オーダーメイドした甲斐がありましたねえ」

セツが自分のことのように喜んだ。そのとき、「ただいま」と巧が帰ってきた。

「おかえりなさいませ」

巧はセツの前に段ボール箱があるのを見て、近づいてくる。

「おお、銀婚式の招待状。いいのができたじゃないか」

巧が招待状を手に取り、楓に話しかけた。しかし、楓は浮かない顔で「そう」と答えただけだった。

「どうかしたの？」

心配した巧が声をかける。楓は視線を泳がせながら、「思っていたのと、違っていたものだから……」と答えた。

二週間後、杉下右京は冠城亘が運転する車に乗っていた。右京は写真を眺めていた。マンションの一室の玄関先が写っており、一角が濡れているようである。

「玄関扉の前に、灯油を撒《ま》かれた……」

右京が写真を見てつぶやくと、運転席の亘が説明した。

「〈貴城商事〉の専務の家だそうです」

「〈貴城商事〉というと、総合商社の？」

「ええ」亘がうなずき、事情を説明する。「『単なるいたずらだろうが、奥方は下半身が不自由でもあるしね。エスカレートしないうちに犯人を見つけて、諭してもらえないか』と甲斐さんに頼まれたもんですから。まあ、俺は『いいですよ』と……」

「安請け合いをしたわけですね」

「すぐに片付きますって。まあ、ご近所トラブルかなんかでしょ」

車は瀬川のマンションが建つ三田東《みたひがし》の不動坂《ふどうざか》に近づいていた。

「おや、人が集まっていますねえ」

右京が指摘するように、坂道にはたくさんの人が集まっており、車が通行できそうになかった。

亘がサングラスを外して観察する。

「事故かなんかですかね？」

ふたりは車を降りて、人だかりへ近づいていった。年配の男が動揺しながら警察官に話をしていた。

「散歩しながら坂を上がっていったんです。それで、坂の上の自動販売機で煙草を買って……。その間に止めていた車椅子が、ザーッと動き出して……」

坂の下に目をやると、大破した電動車椅子が確認できた。右京と亘は警察手帳を掲げて身分を明かすと、その男こそが訪ねる予定だった瀬川巧だとわかった。

　ふたりは改めて巧から事情を聴くことにした。

「私が不注意だったんです。本当にこんなことになるなんて……」

「まずは落ち着きましょう」右京が巧をなだめた。「最初から話していただけますか？」

　巧は何度かうなずくと、話し始めた。

「妻は車椅子を使っているんですが、久しぶりに私が車椅子を押して、散歩に出たんです。小一時間ほど歩いたあと、煙草を切らしていたのを思い出して、自販機で買おうと思ったんです。たぶん、妻は疲れたんだと思います。うとうとしていたので、起こさないようにそっと車椅子を止めました。そのときにうっかり駐車ブレーキをかけ忘れて。私が目を離している間に車椅子は坂道を転がっていき……。妻は途中で目を覚ましてとっさにブレーキレバーを引いたので、路上に投げ出されました。車椅子のほうは坂の下まで転がっていって、曲がってきた自動車と正面衝突を……」

　今なお身震いしている巧に、右京が訊《き》いた。

「奥様は今、どちらに？」

瀬川楓は病院に行った後、自宅マンションに戻っていた。特命係のふたりが訪ねていくと、手首に包帯を巻いた楓が車椅子に乗って現れた。車椅子は介護士の牧野が押していた。

楓は思いのほか元気そうだった。

「お医者様の話では、脳波にも骨にも異常はありませんって。ですから、もう心配ないんですよ」

「それはよかったですねえ。あっ、警視庁特命係の杉下です」

「同じく冠城です」

「瀬川楓と申します。どうぞお座りになって」

「失礼ですが、そちらは？」

右京が楓の背後に立つ白衣の青年のことを尋ねた。

「介護士の牧野くんです」

牧野は無言で右京と亘に会釈した。

「そうですか。では失礼して……」

右京と亘が着席したところへ、巧が茶菓子を持ってきた。

「どうぞ」巧は楓の顔をのぞきこみ、「いやあ、僕のせいで本当に申し訳ない」と謝った。

「これに懲りて、煙草やめてくださる？」

楓が笑いながら言うと、巧は恐縮したように弁明した。

「いや、いずれはやめるつもりでいるんだが……」

「瀬川さんはヘビースモーカーのようですねえ。煙草の焼け焦げ。ここ。それからここも」

右京がテーブルの焦げ跡を指差した。

「火事にならなかっただけよかったと、諦めているんです」

楓のことばで、右京は元々の来意を思い出した。

「火事といえば、玄関先に灯油が撒かれたそうですねえ」

「実は僕たち、その件でお邪魔するところだったんです」

亘が言うと、瀬川夫妻は顔を見合わせた。

「どうかなさいましたか？」

右京がふたりに訊く。答えたのは巧だった。

「いえ、あのことは騒ぎ立てるのもどうかと思って、警察には届けていないんですが」

そこへ、家政婦のセツが日本茶の入った湯呑みを運んできた。セツが湯呑みを配りながら言った。

「わたくしが、警察に調べてもらってくださいと、辰臣《たつおみ》様にお願いしたんですよ」

セツの説明に、亘が反応した。

「〈貴城商事〉代表取締役の貴城辰臣さんは、楓さんのお兄さんなんですよね?」

「ええ」楓が首肯した。「わたしたち、早くに母を亡くしましたので、セツさんが母親代わりで。兄はセツさんに頭が上がらないんです」

瀬川夫妻を心配して、セツが言う。

「こういうことは、きちんと調べてもらったほうがいいんですよ」

「僕もそう思いますねえ」右京がセツの意見を支持した。「早速ですが、灯油が撒かれた先週の木曜の午後、皆さんはどちらに?」

巧が口火を切った。

「私は辰臣さんと千葉のほうへ釣りに行っていました」

「セツさんは?」亘が訊いた。

「わたくしはスーパーに買い物に。牧野くんがお休みの日だったので、奥様は家におひとりだったんです」

セツのことばを裏付けるように、牧野が黙ってうなずいた。

「物音かなにかには、気づかれませんでしたか?」

右京の質問に、楓が首を左右に振った。

「いいえ、なにも」

「エントランスはオートロックで、外部の者は簡単に出入りできませんから。マンションの住人のいたずらでしょう」

巧は軽く流そうとしたが、セツが異を唱えた。

「いいえ。あの日は引っ越しがあって、オートロックが解除されてましたから、外部の人も自由に出入りできたんです」

「では、なにかわかりましたら、お知らせに上がります」

右京が立ち上がった。亘も慌ててお茶を飲み干し、立ち上がる。

「失礼します」と玄関に向かおうとした右京が、なにかを思い出したように手を打った。

「あっ！　最後にもうひとつだけ。楓さんが乗っていらした簡易型電動車椅子。あれは乗ったままで、手動から電動に切り替えられますよねえ」

「ええ」楓がうなずく。

「坂道ではブレーキレバーを引くよりも、電動に切り替えたほうが、車椅子は安全に止められたと思うのですが」

右京が指摘すると、楓がそのときのことを振り返った。

「そうしようとしたんですが、うまくいかなくて……」

「うまくいかなかった？」

「人間って動転すると駄目なものですね。車椅子は、もう自分の体の一部みたいに思っていたのに、慌てると簡単な切り替えもできなくなるなんて、自分でも驚きました」

「なるほど」右京は車椅子を手で示す。「失礼ですが、いつから……？」

「二十一のときに。わたし、乗馬が大好きだったんですけれど、落馬してしまって……」

「そうでしたか。失礼しました」

右京が去っていく。亘は白衣の袖からのぞく牧野の手首を一瞥《いちべつ》してから、右京のあとを追った。

特命係の小部屋に戻った右京は、パソコンの画面で大破した楓の車椅子の写真を見ていた。

「楓さんは、自分が死にかけたという実感がまるでないようですねえ。車椅子が電動に切り替わらなかったのも、自分が慌てたせいだと信じているようですし……」

亘は壁にもたれかかっていた。

「やっぱ、右京さんも考えてます？　なにか、車椅子に細工されてた可能性」

「もしそうだったとしても、ここまで破損しているのでは、その痕跡を見つけるのはまず無理でしょうねえ」

「だが、車椅子に細工が可能なのは、家の中の人間だけ」

「ええ」

「今回の灯油が撒かれた一件と関係あると思いますか？」

亘は性急に答えを求めようとしたが、右京は慎重だった。

「それはまだわかりませんがね」

「ですよね。じゃあ、ちょっと俺、調べたいことあるんで」

そう言い残し、亘は部屋を飛び出していった。

「名札ぐらい、返していってはどうでしょうねえ」

右京は大きく嘆息しながら、亘の名札を裏返した。

二

右京はとあるカフェで児童書の編集者、広崎玲奈《ひろさきれいな》と面会した。玲奈は楓の幼なじみだった。

「楓さんと巧さんの関係について、教えていただけますか？」

右京が最初に来意を伝えていたので、玲奈は楓や巧が写った写真を用意していた。それを見せながら、玲奈が語る。

「ふたりが出会ったのは、楓が高校生の頃。巧さんは大学生で、楓の家庭教師だったんです。でも、楓の両親はふたりの交際に反対で。楓はアメリカの大学に留学したんですけど、ふたりは遠距離恋愛を続けてたの。でも……落馬のことはご存じ?」

「ええ。二十一歳のときだったとうかがいました」

右京が答えると、玲奈はうなずき、話を続けた。

「事故のときは巧さんも一緒だったから、彼はずいぶん責任を感じたみたい。自分に一生、楓の面倒を見させてくれって頼みこんだらしいわ」

右京が話の展開を読んだ。

「それで楓さんのご両親はふたりの結婚を許して、一族が経営する〈貴城商事〉に巧さんを入社させた」

「そう。結局正解ね。ふたりは今でも恋人同士みたいだもの」

「楓さんなんですがね、最近、なにか変わったようすなどはありませんでしたか?」

右京が訊くと、玲奈はやや考えてから言った。

「そういえば、招待状が来てないわね」

「招待状?」

「来月、ふたりの銀婚式のパーティーがあるんですけど、その正式な招待状がまだ届いてないの」

右京は銀婚式の招待状の件を頭のメモに書きこんだ。

玲奈と別れた右京は、その足で瀬川のマンションへ向かった。

瀬川家では、家政婦のセツがパイを作っていた。右京も手伝うことにした。世間話を装って話を聞くには、なるべく相手の懐に飛びこんだほうがいい。右京はエプロンを借りると、セツの隣でパイ生地を麺棒で延ばし始めた。

「あらま！　わたくしよりお上手」

右京の慣れた手つきに、ベテラン家政婦が感心する。

「それはどうも。それで、銀婚式の招待状なんですがね……」

右京が話題を戻すと、セツは楓が招待状を出さなかったわけを説明した。

「あれはね、デザインが奥様のイメージと違ってたからですよ」

「楓さんは今、どちらに？」

「気分転換に山荘のほうへね。わたくしはあの招待状、きれいだと思ったんですがねえ……」

知りたいことを知った右京は、さっさとエプロンを脱ぐと、それをセツに押し付けるようにして返した。

「それでは、僕はこれで」

「はい？　はあ？」

特命係の変人警部の行動に、セツは戸惑うばかりだった。

「ただいま、戻りました」

亘が特命係の小部屋に帰ってくると、組織犯罪対策五課長の角田六郎がいつものように油を売りに来ていた。その角田は部屋の入り口で立ち尽くしている。角田の視線をたどって亘が奥をのぞくと、椅子に座った右京がティーカップを載せたソーサーを手にしたまま、宙を睨《にら》んでなにやら考えこんでいた。

「あっ。見てよ、このアップリケ」

いつも妻の手製のニットのベストを愛用している角田が、丸顔の動物の顔を指差した。

「タヌキ？」

亘が当てずっぽうで答えると、部屋の奥からすかさず、「ハクビシンです」という声が返ってきた。右京だった。

「額から鼻にかけて、白い筋があります」

「考えてるんですか？　聞いてるんですか？」

亘が訊くと、右京はぼんやりとした声で「両方です」と答えた。

「甥《おい》っ子のボールが木に引っかかっちゃってさ」

角田が亘に話しかけると、右京が先を読んだ。

「おそらく年甲斐もなく木に登り、ベストを引っかけた」

「そこ、推理しなくていいから」角田は右京に抗議してから、亘に自慢した。「俺が言いたいのは、かみさんがアップリケをしてくれて、むしろおしゃれになったと」

「お、おしゃれ？」

「なんだ？　その懐疑的な目は」

右京が相棒を脱線から戻す。

「冠城くん、報告を」

「はい。まず、介護士の牧野くん。手首に古い傷痕があったんで、ひょっとしてタトゥーを消した痕じゃないかなと思って、マエを洗ってみたんです」

「ビンゴ？」角田が訊く。

「バイクを盗む窃盗グループにいました。未成年だったので、保護観察処分になっていて、前科は残ってません」

「しかし、雇い主にバレたら職を失う可能性大だな」

角田が指摘した。亘が報告を続ける。

「それともうひとつ。灯油が撒かれる二日前、楓さんは顧問弁護士の事務所を訪ねていました。通常、人が弁護士と会う場合、厄介ごとや揉《も》めごとの相談である場合が多い。つまり、彼女はなんらかのトラブルを抱えてる可能性がある」

右京がなんの反応も示さないので、亘が自分で自分を褒める。

「冠城くん、一日で大変な収穫ですね!」

「君、大丈夫ですか?」

にべもない態度の右京に、亘が申し出る。

「よかったら、なにが気になってるのか、教えてもらえませんか?」

「銀婚式の招待状です。僕は彼女が招待状をオーダーしたデザイン事務所を訪ねたのですが……」

デザイン事務所の担当者によると、楓がデザインの依頼をしたのは八月の初め。記念になるものだからと、早めにオーダーしたらしい。右京はさらに決定したサンプルと納品した招待状を見せてもらったが、両者は寸分違《たが》わぬ仕上がりだった。また、納品後に楓から刷り直しの要望も受けていないということであった。

右京の話を角田がまとめた。

「じゃあ、思ってたのと違っていたというのは、奥さんの嘘か?」

「ええ」右京が同意した。「彼女は嘘をついた。それも家の中の人間に」

「そして招待状は二週間以上経った今も出されていない」

亘の指摘を受け、右京が楓の気持ちを忖度《そんたく》した。

「もしかすると彼女は、もう銀婚式のパーティーをやるつもりはないのかもしれませんねえ。夫婦の節目を祝うというのは、末永くという気持ちがあってのこと」

「まさか、旦那と別れる気だってことか?」

「理由はわかりませんがね」

角田の推測を右京が認めた。

「彼女が弁護士を訪ねたのも、その件かもしれませんね」と亘。「だとすれば、巧さんは心中穏やかではないはずです。彼の今の地位は、創業一族の娘婿だということと無縁じゃないでしょうから」

「彼女が勝手なことをする前に、この世から消えてくれたら!」

角田が巧の心を大胆に推し量った。

「ええ。巧さんが楓さんの死を望む動機が成立する」

「ということは、坂道での車椅子の事故は……」

先走る角田を、右京が押しとどめた。

「いえ、これはすべて楓さんが離婚を考えているという仮定の上での話です」

右京と亘は〈貴城商事〉を訪問し、代表取締役の貴城辰臣に会うことにした。特命係の刑事たちの推理を聞いた辰臣は、かなり驚いたようすだった。

「えっ、楓がですか?　離婚のことを考えているなんて、まったく知りませんでした。妹は自分のことはひとりで決める性分なので、まあ、わかりませんが」

「仮におふたりがそういうことになれば、巧さんの将来になにか影響が出たりしますか？」

亘が探りを入れると、辰臣はきっぱり否定した。

「私のような創業一族の者が代表を務めていると、旧態依然の企業と思われがちですが、うちでは、仕事の能力とプライベートはまったく切り離しています」

「では、離婚は巧さんの将来になんら影響がない」

右京が念を押す。

「彼は有能で組織に必要な人間ですから。来年から、〈貴城アメリカ〉の社長に内定してましてね」

〈貴城商事〉からの帰路、亘は釈然としない思いでハンドルを握っていた。

「右京さん、ひとつ訊いていいですか？」

「なんです？」

「どうして、そう瀬川巧さんにこだわるんです？」

「事故現場で初めて見たとき、彼は動揺したようすで、警察官に事故の経緯を説明していましたよね。怪我《けが》を負った妻は下半身が不自由な身ですよ。普通ならば、救急車に同乗して、病院へ向かいませんかねえ」

右京が疑念を表明した。

その夜、瀬川家のリビングルームでは巧がグラスに赤ワインを注ぎながら、妻に話しかけていた。

「今日は山荘に行ってたんだって？」

楓が読んでいた本から顔を上げて答える。

「やっと決心がついたわ。あなたの提案どおりにしようって」

「じゃあ、あの山荘を売って、海の近くに新しい別荘を買うことに賛成してくれるんだね？」

「そのほうが、あなたも釣りが楽しめるでしょ？」

巧は釣りが趣味だった。ただそのためだけに、別荘を買い替えると思われたくはなかった。

「いやあ、海風は君の健康にだっていいはずだよ」

「あの山荘には、お小さい時分からの思い出もたくさんおありでしょうに……」

ディナー用にテーブルをセッティングしていたセツが、昔のことを偲《しの》んでしみじみと言った。しかし、楓の決心は固かった。

「でも、古い調度を維持していくのも年々大変になるし、いつかは手放さなければいけないと思っていたの。お兄様は寂しがるでしょうけど、売却する前に写真を撮ってお送りすることにするわ」

妻の発言を聞き、巧が提案する。

「だったら、僕たちであの山荘へ行って、銀婚式用に買ったビデオカメラで映像に残しておくってのはどう？　お義兄《にい》さんもそのほうが喜ぶんじゃないかなあ」

「そうね。それがいいわね……」

牧野は楓の電動車椅子の手入れをしながら、夫婦の会話に耳を傾けていた。

家族がすっかり寝静まった深夜、牧野がそっとリビングルームへ入ってきた。そして、サイドボードに置かれていた楓のハンドバッグの中からなにかを取り出して、ポケットに入れた。


次の休みの日、巧と楓は山荘を訪れた。近くに家族連れが来ているようで、賑《にぎ》やかな声が聞こえてきた。

「おや？　誰か来てるみたいだね」

妻の車椅子を押しながら、巧が声のするほうへ目をやった。

「今日は行楽日和だから」

どうやら家族連れはバーベキューの最中のようだった。それで思いついたように、巧が提案する。

「少し早いけど、セツさんのサンドイッチでお昼にしよう。撮影はそれから」

「そうね」

「じゃあ行こうか」

巧が楓の車椅子を山荘の中へと押し入れた。


その頃、特命係の小部屋では右京と亘が一連の瀬川家の事件をホワイトボードに書き出して検討していた。

右京が時系列順に整理する。

「十月十三日、瀬川家に銀婚式の招待状が届く。十七日、瀬川楓さん、顧問弁護士の事務所を訪ねる。十九日、瀬川家玄関前に灯油が撒かれる。二十七日、三田東不動坂で瀬川楓さんの乗った車椅子の事故が発生」

「このできごとが全部繋《つな》がっていると思いますか？」

ホワイトボードを眺めながら亘が訊く。右京の勘がなにかを告げていた。

「おそらくこの順番で事が起こる必然があった。その必然の意味がわかれば、次になにが起こるかわかるはずです」

「まだなにか起こると思ってるんですか？」

亘はそこまで考えていなかった。

巧と楓が山荘を訪れて、小一時間ほどしてから、牧野準が瀬川家の山荘を訪れた。車を降りたそのとき、山荘の中から男の叫び声となにかがぶつかるような大きな音がした。不審に思った牧野が山荘に入ると、一階の階段下に血を流して横たわる男の姿があった。その男が瀬川巧であり、すでに絶命していることを知った牧野は、はっと息を呑んだ。

三

現場に駆けつけた捜査一課の伊丹憲一と芹沢慶二は、瀬川楓から提供されたビデオカメラに録画された動画を確認していた。

どうやらビデオメッセージらしい。映っているのは階段上の二階の廊下で車椅子に座る楓の姿であった。

――この廊下が全部見えるように撮ってくださいね。

楓の要望を受け、男の「了解！」という声が入った。死んだ巧の声のようだ。

――ここを売ること、このビデオメッセージでお兄様にお伝えすることにするわ。きれいに撮ってくださいね。

楓が軽く髪を整え、ビデオカメラに微笑《ほほえ》みかけた。「オーケー」と応じて、巧が楓の顔をズームアップする。「いいよ、しゃべって」の声を合図に、楓が話し始めた。

——お兄様、今日はお兄様にご報告しなければならないことがあります。いろいろ考えて、この山荘を売却することにしました。子供の頃からの思い出が詰まった……。

ここで突然柱時計の時報が鳴った。

「あっ、時計」という声とともに、ビデオカメラは一階の玄関脇に置いてある柱時計をとらえた。次の瞬間、巧の絶叫が聞こえ、映像が激しく乱れた。天井が一瞬映ったかと思うと、目まぐるしい勢いで階段や手すりの映像に切り替わり、最終的には一階の床に横たわる巧の姿を映したところで終わっていた。

再生を終えて、伊丹が見解を述べた。

「こりゃ、自分でバランス崩して落ちてるな」

「やっぱ事故っすね」

そう断じた芹沢がなにかの気配に気づいて後ろを振り返る。そこに右京と亘がいた。

「なんでここにいるんすか！　あっ、今の見てた？」

伊丹が後輩刑事のことばを受ける。

「……のならばおわかりでしょうが、これは間違いなく事故です。無駄足、ご苦労様でした」

「失礼」

右京と亘は捜一コンビのもとから離れ、山荘の隅々まで見て回った。ひととおり検分を終えたところで、応接室に行く。そこには蒼《あお》ざめた顔の楓と介護士の牧野、それにもうひとり、初めて見る男性がいた。特命係のふたりに続く格好で、捜一コンビも入ってきた。

右京が楓に語りかける。

「大丈夫ですか？」

「ええ……」

ことばとは裏腹に、楓は憔悴《しょうすい》していた。

「牧野さんも一緒にいらしてたんですか？」

亘が声をかけると、牧野は目礼を返した。

「えっ、知り合い？」

亘と牧野の関係を知らない芹沢が驚く。

「ちょっとした」

牧野がここにいる理由を伊丹が説明した。

「その人は家政婦さんに頼まれて、奥さんの忘れ物を届けに来たんだ。常備薬入りのピルケースだ」

「何時頃こちらに？」

亘の問いに答えたのは牧野ではなく、芹沢だった。

「来たのは瀬川さんが転落したあと。こちらの、ハイキングに来ていた堺《さかい》さんが見ていた」

同席している堺という男性が目撃証人だと悟った右京が、さっそく質問する。

「どのような状況だったのでしょう？」

堺が発見時の状況を語った。家族でバーベキューを楽しんでいたとき、この山荘から叫び声と物音が聞こえてきた。目をやると、牧野が山荘に入るところだった。気になって駆けつけると、牧野から、人が階段から落ちたので救急車を呼んでほしいと頼まれた。医師である堺は山荘に入り、階段の下に横たわる男が死んでいることを確認したのだ。

「それで私は一一〇番通報をしました」

堺が証言を終えると、伊丹が言った。

「瀬川巧さんが階段から転落したとき、この山荘には巧さんと奥さんのふたりだけで、その奥さんは二階の廊下の奥にいた。どう考えても、事故以外にないでしょう」

右京は巧が撮影した映像が気になっていた。

「楓さん、柱時計が鳴ったとき、巧さんはとても驚いていたようですが、それはなぜでしょう？」

「あの柱時計は、父が晩年眠りが浅くなって以来、ずっと鳴らないようにしてあったんです。もう一度鳴らしてみようということになって。もう壊れているかもしれないと思っていたので、わたしもきれいな音に驚いたんです」

「あの……もういいですか？」

　牧野の申し出を伊丹が認めた。

「ええ。三人とも帰って結構ですよ」

　家族のもとへ帰ろうとする休暇中の医師を、右京が呼び止めた。

「堺さん、ちょっとよろしいですか？」

「はい」

「最初に遺体をご覧になったときに、なにかおかしな点などはありませんでしたか？」

「いえ、特には」と堺が首を傾《かし》げた。

「遺体そのものでなくても、なにか不自然なこととか……」

　右京から念押しをされ、堺は思い出したことがあった。

「そういえば、ほんの少し妙なにおいがしていました」

　亘が反応する。

「妙なにおい？」

「ええ。髪の毛の燃えたような、焦げ臭いにおいでした」

気になることはとことん調べる。それが杉下右京の真骨頂である。右京は徹底的ににおいの原因を調べた。その結果、二階の階段上に敷いてあるエゾ鹿の毛皮でできたラグからかすかに異臭が漂っているのを突き止めたのである。

「冠城くん！　煙草の焼け焦げです」

右京の示す場所に目をやり、亘が言った。

「これ、新しいですね」

翌日、右京と亘を、サイバーセキュリティ対策本部の青木年男が呼び出した。

「重要なお知らせとはなんでしょう？」

右京が用件を訊くと、青木が得意げに言った。

「瀬川巧さんの事故死の件、嗅ぎ回ってると聞いたものですから。どうしようかな？　教えようかな？　これ、かなり重要だと思うんですよね。奥さんのことですし」

「勿体《もったい》つけてつまんない話だったら、お前の恥だぞ」

亘が睨みつける。

「じゃあ、知ってます？　この間、奥さん車椅子に乗ってて、坂道で死にかけたって話」

「右京さん、飯、行きましょうか」

亘の誘いに、右京が「僕はそばがいいですねえ」と応じる。立ち去ろうとするふたりに、青木が思わせぶりに話しかけた。

「あれあれ？　いいのかな、これ見なくて」

振り返ったふたりに、青木がパソコンで動画を再生してみせた。

「通行人がスマホで撮って、ネットに上げてたんですよ」

動画は不動坂での電動車椅子の事故現場を映し出していた。坂道に投げ出された楓が、坂の下のほうを見つめている。ややあって楓は、スマホで救急車の出動を要請する巧を見上げた。

「楓さんの顔、アップにできますか？」

右京が望むと、青木が「できますよ」と楓の顔をズームアップした。夫を見上げる楓は驚愕《きょうがく》の表情を浮かべていた。

特命係の小部屋に戻った右京は、コーヒーを無心に来た角田に疑念をぶつけた。

「奥さんは旦那の殺意に気づいていた？」

この前と同じベストを身に着けた角田の声が、驚きで裏返る。

右京がその根拠を述べる。

「動画には映っていませんでしたが、彼女が見つめていたのは、大破した車椅子でした。

あのまま車椅子に乗っていたら、自分は間違いなく死んでいた。そして夫はそれを望んでいた。そう悟ったからこそ、彼女は……」

「しかし、もしそうなら、彼女はなぜお前さんたちに助けを求めなかったんだ？　だいたい、離婚しても旦那にはなんのデメリットもなかったんだろ？　それじゃあ、奥さん殺す動機がないじゃない」

角田の意見ももっともだった。右京は考えこんでいたが、ふとなにかに思い当たったかのように立ち上がると、角田に近寄り、ベストのハクビシンのアップリケに顔を寄せた。

「なに、なに？　このアップリケがどうしたの？」

困惑する角田に答えることなく、右京は足早に部屋を出ていった。


瀬川巧の通夜が終わり、喪主の楓も帰った会場は静まり返っていた。そこへ障子がそっと開き、ひとつの人影が入ってきた。人影が祭壇に近づいたところで、部屋の隅に待機していた亘が声をかけた。

「待ってたんですよ。誰か、ふたりきりでお別れを言いたい人が来るんじゃないかと思って。巧さんの秘書の片岡美加さん」

右京は山荘の二階でラグの焦げ跡を検《あらた》めていた。他に異常はないか、床にはいつくばるようにして調べた結果、二階の廊下に置かれたテーブルの脚の低い位置になにかがこすったような線状の跡が、また鉄製のフラワースタンドに金属でひっかいたような小さな跡があるのを見つけた。

そのとき右京のスマホが鳴った。

「杉下です」

相手は亘だった。

——巧さんには愛人がいました。秘書の片岡美加さん。妊娠三カ月だそうです。ただ、妊娠のことは巧さん以外、誰にも話してないから、楓さんが知ってるはずがないと言っています。彼女には会ったこともないそうです。

「片岡美加さんに、ひとつ確認してもらいたいことがあります」

通夜会場の亘は、右京からの依頼に「わかりました」と答えた。

右京の依頼はもうひとつあった。

——ああ、それから、伊丹さんと芹沢さんも山荘に連れてきてください。

山荘にやってきた伊丹と芹沢は、右京の推理を聞いて仰天した。

「嘘！　じゃあ、これ殺人だったんだ」

焦げ跡のついたラグを右京から預かった芹沢が声を上げると、伊丹は当惑顔になった。

「いや、仮に今、警部殿がおっしゃったとおりだとして、それをどうやって証明するんですか？」

右京はビニール袋に入れた煙草の吸い殻を掲げた。

「瀬川巧さんが亡くなった日に、この山荘に残されていた吸い殻です。十五本あります。フィルターのＤＮＡを調べれば、この中のひとつから、必ず楓さんのＤＮＡが出るはずです」

自信満々に語る右京に、伊丹が反論を述べた。

「しかし、あの日、たまたま気が向いて、煙草を吸ったって言われたら、それまでですよ」

「問題はいつ吸ったかです。巧さんが転落する瞬間まで撮影していた動画の中では、楓さんは口紅を塗っていました。しかし、その後の彼女は口紅を塗っていませんでした。吸い殻には、いずれも口紅の跡はありません。そして、巧さんの転落後、すぐに駆けつけた堺さんは、楓さんが煙草を吸うのを見ていない。つまり、楓さんが煙草を吸ったのは、巧さんが転落したあと、堺さんが駆けつけるまでの間ということになります。ふだんは煙草を吸わない楓さんが、煙草を持っており、なぜそんなタイミングで吸ったのか。

少なくとも事情聴取は可能だと思いますよ」

とうとうと自説を語る右京に、亘が告げる。

「実は悪い知らせなんですけど、お兄さんの話では、彼女は明日の葬儀が済み次第、日本を離れるそうです」

「明日？」芹沢が目を見開く。「いやいや、DNA鑑定してもらうには、順番を待たなきゃならないんですよ。おまけに吸い殻は十五本もあるし。彼女が逃亡する気なら間に合いませんよ」

右京が楓の心理を読む。

「犯行の手口は、その人間の内面を映し出します。彼女は実に大胆で冷静です。逃げ切れると考えれば、こちらを安心させるために、DNAサンプルの提供に応じるかもしれません」

「それでどうやって間に合わせます？」

亘が訊くと、右京はこう答えた。

「被疑者に海外逃亡の恐れありとして、捜査一課から最優先で申請を出してもらいます。他に方法はありません」

右京の読みどおり、瀬川楓は素直にDNAサンプル——口腔粘膜——の提供に応じた。

そのサンプルは科捜研に回され、最優先で分析がおこなわれた。

翌日、右京と亘は、瀬川巧の葬儀会場で、分析結果が出るのを待っていた。ようやく伊丹から電話がかかってきたので、右京はスピーカーモードで電話に出た。

「杉下です」

——たった今、結果が出ました。吸い殻のＤＮＡは、いずれも楓さんのものと一致しませんでした。

予想外の内容に右京は黙りこんだ。亘が信じられない思いで、念を押す。

「それ、間違いないんですか？」

——ああ。彼女のＤＮＡは出なかったんだ。

猛烈な勢いで思考を巡らせた右京が、通話口に唇を近づけた。

「伊丹さん、もうひとつ調べてもらいたいことがあります」

四

瀬川家のリビングルームでは、旅支度を終えた楓が、大きなキャリーケース二個を前に、ぼんやりとしていた。

そこへ右京が入ってきた。

「杉下さん……お別れを言いに来てくださったの？」

そう尋ねた楓に、右京はキャリーケースを示して言った。

「飛行機に乗るおつもりなら、このキャリーケースはご自分で運ぶことになります。ええ。牧野くんは今、署のほうに来てもらっています。山荘にあった吸い殻のひとつに、なぜ彼の指紋がついていたのか。指紋はいつついたのか。彼はいっさい黙秘しています」

「彼は瀬川の死とは無関係です」

「ええ、それを証明できるのは、あなただけだとご存じのはずですよ」

楓の顔色が変わったところへ、セツが現れた。

「奥様、お迎えのお車が参りましたが……」

楓はしばし考えて、「車を帰してちょうだい」とセツに頼んだ。

セツが一礼をして出ていくと、楓は覚悟を決めた。

「あなたがわたしと瀬川のことを調べていると、広崎さんが知らせてくれました。あのときから、もしかしたら、こんな日が来るかもしれないと思っていました」

「銀婚式の招待状。それが宅配便で届いた夜、すべてが始まったのですね？」

楓がうなずくのを確認し、右京が推理を語る。

「八時過ぎ、招待状が届くのを心待ちにしていたあなたは、注文どおりの招待状が届いたにもかかわらず、『思っていたのと違っていた』と嘘をついた。その十分足らずの間に、あなたになにかが起こったのだと思いました。僕はあの夜のできごとを片岡美加さんに確かめてみました。午前中に病院で妊娠を確認した美加さんは、その事実をまだ巧さんに伝えていなかった。運転手と楽しげに銀婚式の話をする巧さんがたまらなかったそうです」

美加はこう証言した。

巧が社用車から降りたあと、美加は書類を渡し忘れたと運転手に嘘をつき、巧を追いかけた、と。そしてマンションのエントランスで追いついた美加は、そこで巧に子供ができたことを告白した、と。

「彼女は巧さんに妊娠の事実を告げ、五年越しの自分たちの関係をあなたに話すように迫った」

右京に言われるまでもなく、楓はそのことをよく知っていた。なぜなら、招待状を届けにきた宅配業者を招き入れてインターホンを切ろうとした瞬間に、ディスプレイ画面に巧と美加が映ったからだ。声もしっかり聞き取れたので、巧が美加にこう約束したことまで知っていた。

――わかった。すべて僕に任せてくれ。

右京が推理を続けていた。

「『思っていたのと、違っていたものだから……』。あなたのそのことばは、事実を知った衝撃で混乱したあなたの胸の内そのままだった」

　楓がそのときの心情を吐露する。

「瀬川が子供がいる人生を望んでいるなら、わたしに止めることはできない。落馬事故のことで、瀬川は責任を感じて苦しんできたんだとも思いました」

「それであなたは、黙って弁護士事務所を訪ねて、離婚の手続きを始めたのですね？」

「愛情がなくなった相手にしがみつくのは惨めですから」

　右京が椅子に座り、楓と向き合った。

「ところが二週間近く経っても、巧さんからは離婚に関してなんの話もなかった」

「そんな必要ないのに、彼なりにできるだけ、わたしを傷つけない切り出し方を考えているんだと思いました」

　右京が楓のほうへ上体を乗り出す。

「しかし、あなたは思いもよらぬ巧さんの殺意を知った。車椅子は細工されていた」

「ええ」楓は力強くうなずき、心の内を正直に語った。「でもそれよりも、坂を下り始める前、わたし、どうしてだか急に眠たくなって……。なんとか助かって、壊れた車椅子を見たとき、突然思い出したんです。二十一歳で落馬したときもまったく同じだったと。同じように、突然、意識が朦朧《もうろう》とした。ずっと、暑さのせいだとばかり思っていた。でも、そうではなかった。瀬川は両親から離れるためにアメリカに逃げたわたしではなく、創業一族の娘であるわたしと結婚したかったんです。どんなことをしてでも。そして、今度は別れるだけではなく、わたしが相続した財産も手に入れたがっていた」

その少し前、警視庁の取調室では伊丹と芹沢が牧野の取り調べをおこなっていた。亘も同席していた。

「お前は瀬川楓の夫殺しを手伝った。目的は金か？　正直に言え！」

伊丹が声を荒らげて迫ると、牧野が自白した。

「俺が……全部やったんです。あの人は関係ない」

亘は牧野の自白が嘘だと知っていた。

「そうじゃないだろ。坂道の一件で、君は車椅子が細工されてたんじゃないかと疑った。自分以外にそれが可能なのは、巧さんだけだと気づいた。あの日、山荘へ行ったのも、楓さんと巧さんをふたりきりにするのが心配だったから。だからこっそり彼女のバッグからピルケースを抜いて、あとを追う口実を作った」

「なんでそこまで……？」

芹沢が訊いても、牧野は口をつぐんだままだった。亘が推測を口にした。

「楓さんは君の少年時代の前歴を知ってたんじゃないのか？」

牧野が手首の傷を隠した。

「あの人は、そんなこと気にしなくていいって言ったんだ。俺のこと、立派な介護士だって……」

瀬川家では楓が牧野をかばっていた。

「牧野くんはなにも知らなかった。なにもかもわたしひとりで考えたことです」

「ええ」右京が立ち上がる。

「あなたはあらかじめ山荘を訪れて、すべての準備を整えた。そして、巧さんが撮影する映像が事故を証明するものになるように仕組んだ。あなたは廊下全体を撮るように頼んで、巧さんをあのラグの上に立たせた」

右京には、すでに楓が使ったトリックがすっかりわかっていた。

「あなたが使ったのは、おそらく、巧さんの趣味の釣り道具。フックには強度のあるテグスが結ばれ、近くのフラワースタンドに掛けてあったのでしょう、もう一方の端はやはりフックでラグに留めてあった。それから廊下の奥でビデオカメラに向かってメッセージを話し始めた。巧さんは自然とあなたの顔にズームして、あなたの手元が見えなくなる。そうしておいて、フラワースタンドのフックを外し、自分の車椅子に引っかけた。あなたはカメラに語りかけながら、一階で柱時計が鳴るのを待った。もちろん時計が鳴るようにしてあることは、巧さんには話していなかった。そして、鳴らないはずの時計が鳴り、巧さんの注意が柱時計に向けられたタイミングで、車椅子をバックさせた」

楓の脳裏にそのときの光景がフラッシュバックした。車椅子をバックさせるとテグスがぴんと張り、ラグを手前に引っ張った。それでバランスを崩した巧は、絶叫しながら階段を落ちていったのだった。あのときもしかしたら、テグスの跡がテーブルの脚に残ってしまったのかもしれない。

右京の推理が続いていた。

「後始末をする時間は十分あるはずでした。ラグに残った犯行の痕跡は、煙草の焼け焦げで隠すつもりだった。そうすれば、ヘビースモーカーの巧さんが誤って焼け焦げを作ったのだろうと思って、誰も怪しまない」

楓は、あのときの予想外のできごとを思い出すだにぞっとした。口紅をティッシュで拭き取り、煙草を用意したところまではよかったが、やはり緊張していたのだろう。手が震えてハンドバッグから取り出した巧のライターを落としてしまったのだ。

落ちたライターは無情にも階段の途中まで転がって止まり、車椅子の楓には回収ができなくなってしまった。まさか、あそこに牧野が来るとは。しかも瞬時になにが起こったのかを察した牧野は、階段のライターを拾い上げて、自分で煙草に火をつけ、フックを留めていたラグの穴を焼け焦げで隠してくれたのだ。偽装が終わるのと、堺がやってきたのはほぼ同時だった。

「牧野くんが来るなんて、思ってもみなかった」

「彼はあなたの役に立ちたかったのだと思いますよ」

楓が右京の顔を見上げた。

「巻きこんでしまった以上、私は彼を置いていくことができない。そう確信していらしたのね？」

「あなたはそういう人ですから」

「煙草の吸い殻なんて、誰も気にしないと思っていました」

テーブルの煙草の焼け焦げに目を向けて、楓が苦笑した。

「僕自身、堺さんから転落直後になにか焦げ臭いにおいがしたと聞かなければ、気にも留めなかったかもしれません」右京が左手の人差し指を立てた。「もうひとつ。巧さんの殺意に気づいたとき、なぜ話してくれなかったのですか？　あのときに話してくれていれば、その後のすべてが変わっていたはずです」

目を合わせて問いかけた右京に、楓が寂しそうに言った。

「わたしは自分がなにをしたのかわかっています。愚かだと思われるでしょうけど、二十五年間ずっと信じてきた愛情を、法律で裁いてほしくなかったんです」

そこへ牧野の取り調べを終えた亘と捜査一課のふたりが入ってきた。亘が楓に語りかけた。

「見当はついていたと思いますが、灯油を撒いたの、片岡美加さんです。すみませんでしたと伝えてほしい、と言ってました」

「そう」

「楓さん、美加さんさえいなければと思ったこと、ありませんか？」

亘の質問に、魂が抜けたような顔で楓が答えた。

「これは瀬川とわたしの問題でしたから。それに、その人が瀬川のことを本当に愛しているのなら、彼のことを失う以上に悲しいことはないでしょう。わたしにはもう悲しむものもない」

「それでも、あなたの行為を悲しむ人はいると思いますがね」

右京が言うと、セツが涙を流しながら入ってきた。そして車椅子の楓の手を取って泣いた。

このとき初めて楓の瞳から涙がこぼれた。

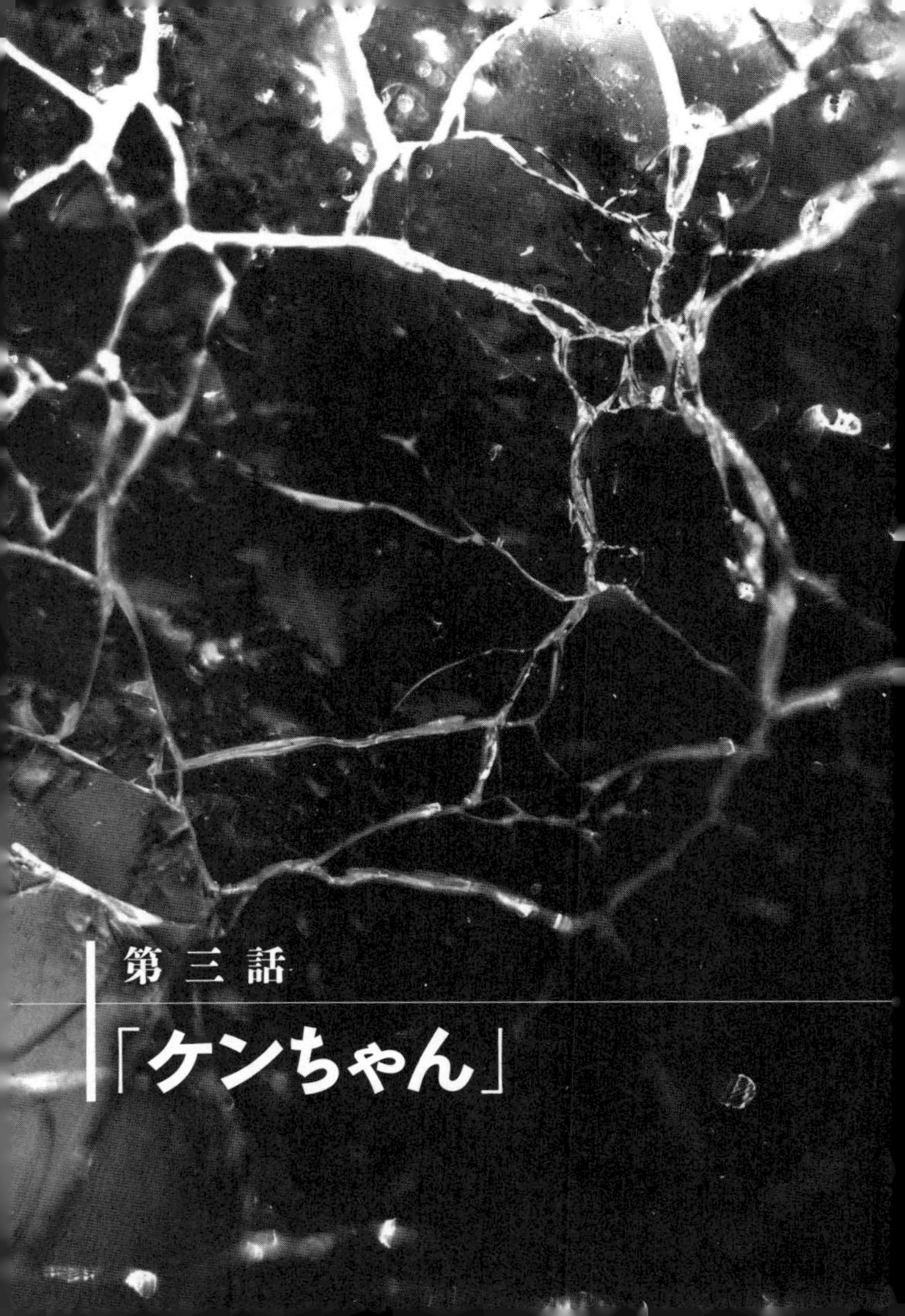

第三話

「ケンちゃん」

一

雑用が立てこみ昼食をとりそびれた冠城亘は、コンビニで弁当を買っていた。

目についた弁当を手に取りレジに持っていくと、二十代半ばと思われる男の店員が満面に笑みを浮かべてお辞儀した。

「いらっしゃいませ！　お弁当、温めますか？」

「いや、そのままで」

「はい」

笑顔で答えた店員の胸には「もりやま」と書かれた名札が下がっていた。

「これ、使える？」

亘がプリペイドカードを差し出すと、店員は元気な声で、「はい、お使いになれます」と答えた。

「じゃあ」

「かしこまりました」

店員がレジを処理し弁当を袋に入れているとき、亘のスマホの着信音が鳴った。亘は内ポケットからスマホを取り出すと、そそくさと弁当を受け取ってコンビニの外に出た。

そんな亘に店員は「ありがとうございました！」と深々と頭を下げた。

通話を終えた亘が近くの路上に停めた車のほうへ向かっていると、背後から「お客さん！」と呼び止める声が聞こえた。振り返ると、先ほどの店員、「もりやま」が手を振りながら走ってくるのが見えた。息を切らして亘のもとに駆け寄ると、「これ、お忘れです」とプリペイドカードを差し出すではないか。

「わざわざ店から？」

「まだ三十円、残ってますから。それと、よろしければどうぞ」

カードと一緒に紙おしぼりも差し出す。

「ありがとう」

「またいらしてください。では」

立ち去ろうとした店員はふと振り返って、「そのカード、ピカピカ光ってきれいですね」と言った。そして今度こそ去っていく。

ちょうどコンビニから出てきた老人が、店員の姿を見て、「よう、ケンちゃん。頑張れよ」と声をかけた。

店員はすれ違いざま、「ありがとうございます」と頭を下げた。

元気で一生懸命なコンビニの店員の姿に、亘の心が少し温かくなった。

「ここ、ここ」

高校生カップルにとって、どこでデートをするかは大きな問題となる。その夜、男子高校生が思いついたのは、廃業したボウリング場だった。不良の溜り場になっているのか、金網のフェンスは穴が開いてめくれ上がり、鉄のドアは鍵が壊されているため建物に侵入することができた。

女子高校生は「ねえ、やめようよ」と尻ごみしたが、男子高校生は「大丈夫、大丈夫」と聞き入れず、ドアを開けた。

と、そのとき真っ暗な建物の中から、怪しげな風貌の男が飛び出してきた。悲鳴をあげるカップルを脇に押しやり、男は敷地の外へと走り去っていった。

「なに？　あれ。ねえ、やっぱやめようよ……」

女子高校生はすっかり怖気《おじけ》づいていたが、男子高校生は自分に言い聞かせるように「大丈夫、大丈夫」と繰り返し、建物の中へ入っていく。ふたりは直後、レーンの上に横たわる男性を発見し、大いに後悔することになった。男はぴくりとも動かず、傍らには血のついたボウリングのピンが転がっていた。

翌朝、特命係の小部屋で、亘は前日に会った「もりやま」のことを杉下右京に話していた。

「たまに行くコンビニの店員なんですけど、いつも全力投球って感じで、すがすがしいんですよ。こんな世知辛い世の中でも、いるところにはいるんですね。ああいう、昭和の高校球児みたいな青年」

右京は亘から受け取ったプリペイドカードをしげしげと眺めて感想を述べた。

「それはそうと、このカード、特に光ってはいませんがね」

「いや、そこはどうでもいいでしょう」

そこへ組織犯罪対策五課長の角田六郎が、決まり文句を口にしながらぶらっと入ってきた。

「暇か？」

「おはようございます」

右京と亘が声をそろえて挨拶すると、角田は「おはよ。ちょっとごめんよ」とテレビのリモコンを手に取った。

「例のダブル不倫、女優のほうが会見やるらしいんだよ。気になっちゃってさ……」

角田がテレビをつけると、女性アナウンサーが殺人事件のニュースを伝えていた。

――コンビニエンスストア店員の森山健次郎《もりやまけんじろう》さん、二十五歳と見られ、現場の状況から、警察は殺人事件と見て……。

「ここじゃねえな……」

チャンネルを替えようとする角田を、亘が止めた。「コンビニエンスストア店員の森山」に引っかかりを覚えたのだ。

「あっ、ちょっと」

「なっ……なんだよ？」

――森山さんは頭から血を流している状態で発見され、遺体のそばにはボウリングで使用するピンが落ちており、警察では、このボウリングのピンで……。

画面に被害者の顔写真がアップになった。間違いなく、あの「もりやま」であった。

顔色を変える相棒のようすを見て、右京が事情を察した。

「君、もしかして……」

「ええ」

「中野区上新井《かみあらい》八丁目コンビニ店員殺人事件」の捜査本部に足を踏み入れながら、右京が亘に言った。

「やはり、なんでもかんでも事件に首を突っこむのはどうかと思いますがねえ」

「いいじゃないですか。どうせ暇なんだし。それにあんな好青年が殺されたんです。放っとけません」

亘は上司のことばを無視して、ホワイトボードの前に移動し、書かれている情報を読み上げた。

「森山健次郎、二十五歳。身寄りは兄がひとりだけですね。あっ、金融コンサルタント会社経営か。若いのに社長なんて、結構なやり手みたいですね」

被害者の顔写真の隣に、どことなく似た顔つきの男の写真が貼られていた。

そこへ捜査一課の伊丹憲一と芹沢慶二がやってきた。

「特命係がこんなところでなにをしてるんです、か？」

嫌みたっぷりの伊丹に、右京が正直に答えた。

「冠城くんがこの事件に興味があるというもので」

「興味？」芹沢が反応した。「捜査はね、夏休みの自由研究じゃないんだよ」

「うまいこと言いますね」

亘が受け流すと、伊丹がホワイトボードの前に立った。

「特命係の出番なんかない。もう、犯人の目星も付いてる」

「そうですか。どのような目星でしょう？」

図々しい特命係の警部に大きくため息を漏らし、伊丹が芹沢に命じた。

「諦めてお帰りいただけるよう、説明して差し上げろ」

芹沢がホワイトボードを指差しながら説明した。

「被害者の森山健次郎さんは二年前、逃走途中の窃盗犯、宍戸《ししど》洋介《ようすけ》と出合い頭にぶつかって負傷し、入院までしています。そのときの森山さんの証言で、宍戸は実刑を食らったんですが、その宍戸が今回の現場付近で目撃されているんですよ」

宍戸こそ、高校生カップルがボウリング場で目撃した男に違いなかった。

「宍戸は一週間前に仮出所したばかりで……」

伊丹の説明を、右京が先回りした。

「つまり、お礼参りで森山健次郎さんを殺害した」

「そういうわけなんで、どうぞお引き取りを」

伊丹が手のひらで出口を示したが、亘は動かず疑問を呈した。

「でも、変ですね。仮出所したばかりで、そんなにすぐに捕まるようなことしますか？　また刑務所に逆戻りです」

「よほど腹に据えかねていたんだろう」

「それにそもそも、被害者がなぜボウリング場に？　宍戸に呼び出されたからって、素直に行くとは思えませんが……」

「そんなことは、宍戸を捕まえてからじっくり訊《き》けばわかることだ」

亘と伊丹が言い合うなか、右京は腰を折って現場の写真をのぞきこみ、被害者の手のひらに「中」という漢字にも「Φ《ファイ》」というギリシア文字にも見える書きこみを見つけた。

「これ、なんでしょう？」

「仕事のメモじゃないですかね？」芹沢が答えた。「大中小の『中』とか。コンビニの店長の話だと、被害者は手にメモする癖があったそうですから」

「なるほど……」と言いながら、右京は別の写真を眺めていた。

「なにが気になります？」

亘が訊くと、右京は写真に写ったボールペンを指差した。

「ええ、これなんですがね。回転式のボールペンのようですが、よく見るとペン先の部分が出されたままになっているんですよ。となると、この手のひらの文字は、殺される直前に書かれた可能性がありますねえ」

「つまり、これはダイイングメッセージ？」

半信半疑の亘に、右京が言った。

「あくまで可能性ですがね」

二

右京と亘は被害者の森山健次郎の家を訪問した。家の中では兄の真一郎《しんいちろう》がふたりを待っていた。

健次郎の部屋には写真がたくさん飾ってあり、兄弟で写った写真も多かった。

「以前はご兄弟でこちらに？」

右京が質問すると、真一郎は「ええ」とうなずき、事情を説明した。

「私が大学生、あいつが小学五年生のときに、両親が事故で亡くなりまして。それから十年ほど、両親が残したこの家で暮らしました。私は四年ほど前に、今のマンションに移ったんですが、あいつはどうしてもここがいいと言って」

右京が飾られた写真を見回す。

「そうですか。健次郎さんは、あなたとの思い出を大切になさっていたようですねえ」

「私が幼い頃から親代わりでしたから。優しい奴でしたが、あいつは弱虫で、よく泣いてました。なにかにつけ、『お兄ちゃん、お兄ちゃん』と、私のあとばかりついてきて……」

「お兄さんのこと、頼りにしてたんですね」

亘のひと言に、真一郎がしんみりとなる。

「こんなことになるなんて……」

「なにか心当たりありませんか？　弟さん、誰かに恨まれていたとか」

「そんな！　兄の私が言うのもなんですが、弟は誰にでも優しくて、みんなに好かれてました。バイト先でもうまくやっていたようですし……」

「中学を卒業してすぐに、今のコンビニでアルバイトを始めたようですね」

亘が事前に調べた情報を確認すると、真一郎がその理由を明かした。

「勉強が大の苦手だったんです。それで早くから働きに出て、少しでも私に迷惑をかけないようにしたいといって、今のコンビニに」

「そうですか。ところで、こんなものが健次郎さんの手のひらに書かれていたのですがね」

右京のことばを受けて、亘がスマホを差し出して例の書きこみを見せた。

「なにかの記号、あるいは漢字の『中』という字にも見えますが、健次郎さんの周りに、名前に『中』がつく方など、いらっしゃいませんか？」

真一郎の顔色がわずかに変わったのを、右京は見逃さなかった。

「心当たりがあるんですね？」

「ああ、はあ……」


真一郎は右京と亘を自らの会社〈森山金融コンサルタント〉に連れてきた。そして応接間に案内すると、女性の事務員を呼んだ。ストレートの黒髪を長く伸ばした素朴な感じの女性で、名刺によると名前は「中井《なかい》小百合《さゆり》」となっていた。

「中井さんには、一年ほど前からうちで働いてもらっています」

真一郎は特命係のふたりに紹介したあと、小百合に言った。「健次郎のことで訊きたいことがあるそうだ」

「なんでしょう？」

小百合は緊張した面持《おもも》ちになった。

「真一郎さんにうかがいましたが、あなたはもともと、健次郎さんとはお知り合いだったそうですねえ」

右京が切り出すと、小百合は健次郎と出会ったときのエピソードを話し始めた。

「一年半ほど前です。わたし、派遣社員として別の会社で働いていたんですが……」

小百合はあるとき歩道脇の植えこみの近くでキーホルダーを落としてしまい、それを捜していると、健次郎が声をかけてきたという。帰りが少し遅くなる旨を会社に連絡してから落とし物を捜す小百合を、健次郎は親切にも手伝ってくれた。

結局見つからずに小百合は会社に戻ったのだが、しばらくすると健次郎から、見つかったという電話がかかってきた。健次郎は小百合が帰社したあとも、ひとりで捜し、執念で見つけたのだった。

「……それから親しくなって、お兄さんの真一郎さんとも知り合いになって、一年ほど前からここで働かせてもらっています」

「親しくなった……」亘が小百合のことばに興味を持った。「つまり、健次郎さんとは恋愛関係だった？」

「いえ……。告白されたことはありましたが……。人間的には素晴らしい人でしたけど、恋愛の対象とは……」

「彼とはそれで、わだかまりができてしまったとか」

亘が口にした憶測を、小百合はすぐに否定した。

「いいえ。なぜ、そんなことを？」

亘が手のひらの書きこみの写真を見せる。

「これなんですがね。彼が殺される直前に書いた可能性があるんです。『中』という字にも見える。中井小百合さん、あなたの名前にも『中』がつきますよね」

「わたしを疑ってるんですか？　わたしがケンちゃんを殺すわけないじゃないですか！」

懸命に否定する小百合を、真一郎が後押しした。

「それは私も保証します。告白のあとも健次郎は、ごく普通に彼女に接していましたし、彼女に健次郎を殺す理由がありません」

「では、最後にもうひとつだけ」右京が左手の人差し指を立てた。「キーホルダーを拾った健次郎さんは、あなたの会社に連絡をしてきた。あなたが会社の番号を教えたということでしょうか？」

「いいえ。それが不思議なんです。特に名乗ってもいませんし……。ケンちゃんに訊いてみても、笑って答えてくれなくて」

「そうですか……」

右京がなにごとか考えながらうなずいた。

細かいことが気になるのが右京の癖である。真一郎の会社からの帰り道にも、右京のその癖が出た。

「ケンちゃんには、いくつか不思議なことがありますねえ。君のカードが光って見えると言ったかと思えば、教えてもらってもいない小百合さんの会社に電話をかけてきたり……」

亘も右京の癖はよくわかっていた。

「そこ、気になりますか？」

「ええ、もうちょっと調べてみましょう」

「益子さーん、あれ？　いませんね」

右京と亘は警視庁に帰ると、鑑識課の益子桑栄を訪ねた。ところが会議でもやっているのか、捜査員はひとりもいなかった。

右京がテーブルに並べられた遺留品に目を留めた。

「これ、例の事件の物のようですねえ」

「ええ、そうですねえ」と応じた亘は、すぐに「ちょっ、ちょっと!」と声を上げた。右京が勝手に遺留品を調べ始めたのだ。

亘の制止が右京に通用するはずもない。右京はひとつのビニール袋から中身を取り出した。

「ケンちゃんの預金通帳ですねえ。おや? ここ四カ月ほど、〈ニシゾノ印刷〉という会社から、月々十万ずつ振りこまれていますねえ」

「印刷会社?」

「コンビニひと筋で働いてきたケンちゃんが、まったく畑違いのところで働き始めていた……。ちょっと気になりますねえ」

右京が持ち前の好奇心を発揮する。

そのとき、ドアが開いて、鑑識課の捜査員がぞろぞろと入ってきた。益子がふたりを見つけた。

「おいお前ら、なにやってるんだ?」

「いやあ、ちょっとお願いがあって来たんですけど、留守だったもんで……」

亘がしどろもどろになる。

「お願いってなんだよ?」

「いえ、もう済みましたので。どうもありがとう」

右京はしれっと答えると、そのまま帰っていく。

「えっ？　おいおい……なんか勝手に触ってないだろうな？」

「まあ、まあ。いい釣りの穴場聞いたんで、今度教えますよ。なんか釣れるらしいですよ！」

あとに残された亘が適当にごまかし、右京のあとに続いた。

「穴場か……」

益子はそのことばに弱かった。


翌朝、森山真一郎のマンションのエントランスから、真一郎と小百合が連れ立って出てきた。

「うわっ、ギリギリだ……」

腕時計を見て焦る真一郎に、小百合が言った。

「間に合うでしょう」

そこへ亘が後ろから声をかけた。

「おはようございます。やはり、こういうことでしたか……。ちょっとお話を」

頭を下げる亘を前に、真一郎と小百合は気まりが悪そうに顔を見合わせた。

その頃、右京は〈ニシゾノ印刷〉を訪ねていた。

右京が用件を切り出すと、工場長の檜原《ひのはら》は大声で嘆いた。

「なんで森山くんが殺されるの？」

「それを今調べているところです」

「いい子だったよ」檜原が健次郎を偲《しの》ぶ。「真面目でね。残業頼んでも、嫌な顔ひとつしないで引き受けてくれてさ」

「彼がここで働き始めたきっかけはなんだったか、ご存じありませんか？」

「さあ……」檜原は首を傾《かし》げ、「お金じゃないの？　深夜の印刷工場ってのは、時給高いから」

「なるほど、お金ですか。ところでこの工場に、『中』がつく名前の方はいらっしゃいませんか？」

右京が訊くと、檜原は壁に貼ってある従業員名簿を指でなぞった。

「うちにはいないと思うけどなあ」

右京はその隣に貼られた作業予定表の記述が気になっていた。

「この『X』と書かれた日、森山さんが最後に出勤された日ですねえ。ちなみにこの『X』というのは、どのような作業だったのでしょう？」

檜原が困った顔になる。

「言えないから『X』なの。こっちにも依頼主への守秘義務ってのがあるから。でも、事件とは関係ないよ！　ただの印刷だから」

檜原に案内してもらい、ロッカールームに行く途中、右京は刷り上がったばかりの『慶明《けいめい》大学理学部大学案内』が積み上げられているのに目を留めた。

健次郎のロッカーには、私物が残されていた。右京がハンガーに掛かった作業着をよけると、『代数学概論』という本が現れた。著者は慶明大学教授の中垣智徳《なかがきとものり》となっている。本の下からは健次郎のものと思われるノートが見つかった。めくると難しそうな数式がびっしりと手書きで記してあった。

亘は喫茶店に場所を移し、真一郎と小百合から話を聞いていた。

「つまり、健次郎さんが好きだった小百合さんを、兄のあなたが横取りしたということですか？」

亘がざっくりと話をまとめると、真一郎が顔を伏せた。

「いや……そんなつもりは」

小百合が真一郎をかばうように言った。

「仕事の相談に乗ってもらったりしているうちに自然と……」

「健次郎さんはそういうふたりの関係を？」

亘の質問に、小百合は首を横に振った。

「知らなかったと思います」

「あいつの気持ちを考えると、言えませんでした」

真一郎は主張したが、亘は疑っていた。

「いやしかし、そういうことって、普通わかるんじゃないですか？」

「いえ、彼女に交際を断られたときも……」

真一郎が当時を振り返る。

——小百合さんにフラれちゃって……。

と落ちこむ健次郎を、真一郎は「またいい人、見つかるさ！」と励ましたという。兄のことばは、健次郎にとって絶大な効果を持っていた。

——そうだよね！　兄さんの言うことなら、間違いないよね。

健次郎はこう答えて、最後まで、笑顔を見せた。

「……ですから、あいつは私たちのことは疑っていなかったと思います」

右京は〈慶明大学〉のキャンパスで亘からの電話を受けていた。

「そうですか……あのふたりはそういう関係でしたか」

——もし、ケンちゃんがそれを知っていたとしたら、心中穏やかじゃなかったはずです。そのあたり、トラブルがなかったか、もう少し調べてみます。右京さん、今どこに？

「〈慶明大学〉に来ています」

右京は電話を切ると、理学部数学科の中垣研究室を訪ねた。

右京が取り出した森山健次郎の顔写真を見て、中垣智徳は言った。

「森山くんのことなら、よく知っています。ニュースを見て、惜しい才能をなくしたと、服部《はっとり》くんとショックを受けていたところです」

中垣の隣にいた服部由和《よしかず》が「ええ……」とうなずく。服部は講師だった。

「惜しい才能、といいますと？」

中垣がそのときの状況を回想した。

「一年ほど前になりますか、森山くんはモグリの学生として、私の授業を受けに来ていました。とても熱心だったんで、黙認していたんですが……」

講義が終わったあと、健次郎は自分のノートを携えて中垣に質問をしにやってきた。そこで健次郎は、中垣が出した証明問題の別解を提案したという。

「……驚きました。彼は我々には考えつかないユニークな発想を持っていたんです。そこで、研究室に呼んで能力を確かめたところ、めったにない逸材だと確信しました。本人も、もっと数学を勉強したいと言うので、この研究室に通うように勧め、服部くんに教育係を頼んだんです」

中垣の話を受けて、服部も健次郎の才能を称賛した。

「彼は新しい理論を教えるたび、スポンジのように吸収していきました。それに、問題もほぼ瞬間的に記憶し、解いてしまうんです」

「瞬間的に、ですか」

右京が感心していると、中垣が嘆息した。

「将来は研究者になりたいという希望も持っていたようです。なのに、こんなことになるとは……」

「なるほど。それで『惜しい才能を』と。あっ！　そうそう」右京が健次郎の手のひらの写真を見せた。「これは健次郎さんが殺される直前に書いたものだと思われるのですが……。なにを表しているかおわかりでしょうか？」

「空集合《くうしゅうごう》ですね」

服部が即答した。

中垣も負けていなかった。

「あるいは『オイラー関数のΦ』、もしくは『Ø《ゼロスラッシュ》』」

「さすが、おふたりは数学者ですねえ。我々はこれを……『中』という字かと思っていました」

右京から名札を指差され、中の字を持つ教授の顔が強張《こわば》った。

右京は気にするようすもなく「お忙しいところ、ありがとうございました」と帰ろうとして、なにか思い出したかのように振り返り、健次郎のノートを開いた。「あっ！　申し訳ない……最後にもうひとつだけ。ここに、四つの数学の問題が書かれています。これは、先生がお出しになった問題ですか？」

「いえ、私では……」

中垣は否定したが、目が泳いでいた。

「僕も知りません」服部も否定した。

「そうですか……」


その夜、右京は〈花の里〉で亘に昼間の成果を伝えた。

「大学で数学？」

驚く亘に、右京が健次郎のノートを見せた。

「ええ、それもかなりの才能の持ち主だったようです」

「すげえな！　ケンちゃん、いったい何者なんだ？」

「となると、手のひらに書かれていたのは、数学の記号なのかもしれません。オイラー関数のΦ、またはØ、あるいは空集合」

「空集合？」

ぴんと来ていない亘に、女将《おかみ》の月本幸子が説明した。

「集合論の概念です。例えば、身長が五メートル以上の人間の集まりっていうふうに、当てはまるもののない集まりのことなんです」

「女将さん……！」

幸子を見る亘の目の色が変わる。

「そういえば、幸子さんは数学がお好きでしたねえ」

「ええ……趣味として嗜《たしな》む程度に」

「嗜む……」亘は一瞬啞然《あぜん》としたが、すぐに気を取り直して右京に言った。「しかし、あれが『中』だというセンも消えてませんよ」

「おや、なにか収穫でも？」右京が訊いた。

「誰に訊いても、仲のいい兄弟だったという証言ばかりでしたが、なにしろ兄貴は弟が好きになった女と付き合ってるわけですから……」

「まあ、あの兄弟の関係は、そう単純なものではないということかもしれませんね」

「真一郎さんが中井小百合さんをかばっていることだって、十分に考えられる。それとここにも『中』がいますよ」

右京が持参した『代数学概論』の著者名を亘が指差した。

「ええ」右京が認めた。「たしかに中垣教授には引っかかるものがありました。このノートの最後に書かれている四つの問題を見せたとき、教授は明らかに動揺していましたからねえ」

「でも、変じゃないですか？　ケンちゃんは勉強がまるでできなくて、進学も諦めたはず」

真一郎の証言を引く亘に、右京は別のエピソードを持ち出した。

「彼はたしか二年前に入院していましたねえ」

「ええ、窃盗犯の宍戸とぶつかったときに。それがなにか？」

「いえ……」

右京が沈思黙考した。

三

翌日、右京と亘はサイバーセキュリティ対策本部の青木年男を訪ねた。青木は仕事をしているように見せかけ、パソコンでゲームをしていた。

「お忙しそうですね」

右京が背後から話しかけると、青木は怒ったように「なんですか？」と訊いた。

亘が用件を切り出す。

「この間のボウリング場の事件の被害者、二年前の窃盗犯の目撃証言してるよな？　そのときの詳しい状況を知りたい」

「困りますよ」青木が難色を示した。「僕が特命に協力してるなんてわかったら」

「でしょうねえ。では場所を変えましょう」

右京は有無を言わさず、青木を特命係の小部屋に連れてきた。

青木は特命係のパソコンから、宍戸洋介のデータにアクセスし、当時の事件の概要を伝えた。

「二年前の十一月二十日深夜、宍戸洋介が貿易会社に侵入。金品を奪って自転車で逃走する途中、森山健次郎と衝突。その衝撃で盗んできた一万円札が道路に散らばる。転倒した森山健次郎を放置して、宍戸は札を回収し逃走。森山健次郎はその後入院。宍戸の容姿と所持金額が九十八万円だったことを証言し、それが事実と合致していたため、宍戸は逮捕された。こんなところですが」

右京が数字にこだわった。

「今、九十八万円と言いましたね？」

「ええ。百万円の束から、あらかじめ二万円が抜かれていて、盗まれた現金は九十八万円だったんですよ」

「なるほど」

「じゃあ、僕はこれで」青木が立ち上がった。「あっ、くれぐれも……」

亘が青木のことばを遮った。

「わかってます。ご協力感謝します」

「あっ、でも、今さら無駄だと思いますよ。逃げていた宍戸、今朝確保されましたから。すでに一件落着ですよ」

青木はにやりと笑うと、逃げるように帰っていった。


宍戸は取調室で伊丹と芹沢から取り調べを受けていた。

「俺は殺していない」

宍戸は犯行を否定したが、芹沢はまるで信じていなかった。

「じゃあ、なんであの夜、あのボウリング場にいたわけ？　あなたは見られてるんだよ」

「まさか、お散歩していたなんて言わねえよな？」

嫌みをぶつける伊丹に、宍戸はこう説明した。

「あいつにどうしても訊きたいことがあった。だから、あいつの家に行ったんだ。行ってみたら、玄関から出てくるのが見えて、追いかけたんだ。見失って捜していて、死んでいるのを見つけたんだ。本当だ！　殺したのは俺じゃない！」

伊丹が机を強く叩いた。

「お前な、そんな言い訳が通じるとでも思ってるのか！」

と、そこへ隣の部屋からマジックミラー越しに取り調べのようすを見守っていた右京と亘が入ってきた。

ふたりの姿を目にした伊丹がのけぞりそうになる。

「ああもう……いつもいつも！」

「これは失礼」右京が悪びれずに会釈した。

「一分かからないので。ねっ？」

亘が伊丹に頼みこむ。

「『ねっ？』じゃねえよ」

右京がさっそく宍戸に質問した。

「あなたが森山さんにどうしても訊きたかったこととは、百万円の束のことではありませんか？」

「もう訊いてるし」

芹沢の皮肉も右京には馬耳東風だった。

「一万円札の束がバラバラになったにもかかわらず、なぜ九十八万円と証言できたのか」

宍戸は大きくうなずいた。

「ああ。百万円の束から二枚抜かれていたなんて、わかるはずがないんだ。あとで警察が、俺を陥れるために教えたに決まってる！　それを確かめたかったんだよ！」

「つまり、すべては一瞬のできごとで、九十八枚もの札を数えるなど、不可能な状況だった。そういうことですね？」

「ああ、そうだよ！」

「そうですか。どうもありがとう」

確認したいことだけ確認し、右京は取調室を出ていった。亘が腕時計で時間を確かめた。

「はい、五十九秒。一分かかりませんでした。失礼します」

伊丹と芹沢は呆気《あっけ》にとられるばかりだった。

先を行く右京に廊下で追いついた亘が話しかけた。

「不思議なことがまたひとつ増えましたね。なぜケンちゃんは、ばらまかれた一万円札の枚数がわかったのか」

右京はそれには答えず、はぐらかすように言った。

「君、例のプリペイドカードをまだ持っていますか？」

「ええ。三十円、残ってますから」

「調べてみてください」

「調べる？」

亘は一瞬ぽかんとした。

亘は部屋に帰ると、パソコンで素数判定のサイトにアクセスし、プリペイドカードの十桁のシリアルナンバーを打ちこんだ。判定ボタンを押すと、「素数です」と表示された。

「右京さんが言ったとおり、この番号、素数です」

「そうですか。やはり素数でしたか……」

右京はホワイトボードに難しそうな数式を書き連ねていた。

「なにをしてるんです？」

「例の問題を解いてみようと思いましてね」

「そろそろ、種明かしてもらえません？　ケンちゃんがいったい何者なのか、右京さん、見当がついてるんでしょ？」

ホワイトボードの数学の問題を解きながら、右京が健次郎の能力について語った。

「あくまで推論ではあるのですが、健次郎さんが光って見えると言っていたのは、この素数のこと。それはおそらく、彼が共感覚を持っていたからでしょう。共感覚というのは、文字や数字に色を感じたり、音や形に味を感じたりする特殊な感覚のことです。そのような感覚を持っている人たちの中には、素数が光って見える人もいるようですよ」

「……で？」

「さらに彼は、数学の問題を一瞬にして記憶し、解いてしまう能力があり、バラバラになった札を瞬時に目に焼きつけ、数えることができた。それらを考えると、彼の正体が見えてきます。つまりは……サヴァン症候群」

それならば亘も聞いたことがあった。

「サヴァン症候群って、見たものを瞬時に記憶したり、計算機のように暗算ができたりする、超人的な能力のことですよね？　でも、誰もそんなことを言ってませんでしたよ。兄の真一郎さんだって……。子供の頃から一緒だった真一郎さんが、知らないはずがないでしょう」

「ですから、生まれつきではなかったのですよ。おそらく彼がサヴァンになったのは、二年前の事故によってでしょう」

右京は答える間もマーカーを休ませようとはしなかった。

「二年前の事故で特殊な能力を身につけた健次郎さんは、数学に興味を持ち、モグリの学生として大学に通ううちに才能を見いだされて、その能力に磨きをかけた。教わってもいない小百合さんの会社に電話をしてきたのも、スマホの画面に表示された電話番号を一瞬にして記憶したからでしょうねえ」

「で、右京さんは、彼のそんな特殊能力が原因で今回の事件が起きた。そう考えてるんですよね？　この問題もそれに関係してると」

右京がマーカーを持つ手を止めた。

「解けました」

右京の超人的な能力を認めている亘でさえ、まさか高等数学までカバーしているとは知らなかった。

「えっ？　もう解けたんですか？」

「ええ。一問を除いては」

「それ、解けたって言います？」

肩すかしを食らった感じの亘に向かって、右京が謎めいた発言をした。

「言いませんねえ。しかし、解けないからこそ、事件の謎が解けたんです」

〈慶明大学〉の理事長室に、学長と入試担当責任者、それに中垣と服部が顔をそろえていた。

理事長の山崎真吾《やまざきしんご》が険しい声で叱責していた。

「こんなことは本学始まって以来の不祥事です。部外者を学内に招き入れた責任をどう取るおつもりですか、中垣教授！」

そのときノックの音がして、右京と亘が入ってきた。山崎がふたりをとがめる。

「なんですか？　あなた方は」

ふたりはそれぞれ警察手帳を掲げて名乗ると、右京が用件を語った。

「どうかご無礼をお許しください。しかし、どうしても皆さんに確認していただきたいことがありまして」ここで右京はノートを取り出し、開いた。「これは先日の事件の被害者、森山健次郎さんのノートです。ここに書かれている四つの問題。これはこの大学の来年の数学の入試問題ではありませんか？」

大学関係者が押し黙ったまま顔を伏せるのを見て、右京は確信した。

「やはりそうでしたか。入試問題が盗まれたとあっては、大学としては一大事。それで、こうして理事長、学長、入試担当の責任者がお集まりになっていらっしゃる」

警戒する大学関係者たちをなだめるように亘が言った。

「大丈夫です。他には漏らしませんからご安心を」

ようやく山崎が重い口を開いた。

「そのとおりです。しかし、なぜそれが入試問題だとわかったんです？　どこから漏れたかもわかっているんですか？」

「森山さんは四カ月前からとある印刷工場で働いていました。その印刷工場はこの大学と取引がありました。そして彼が殺される前日、そこでは極秘の印刷作業がおこなわれていました」

右京がここまで答えると、亘が続けた。

「そこで入試問題が盗まれた可能性が高い。我々はそう考えてます」

入試担当の教官が一歩前に出て反論した。

「いや、それはあり得ません。入試問題の印刷は厳重に管理されています。盗み出すことなど不可能です」

右京が中垣と服部の顔を見てから指摘した。

「普通なら不可能でしょう。しかし、森山さんならばどうでしょう？　問題を人に知られずに、記憶として盗み出すことができたはずです」

特命係のふたりは続いて〈森山金融コンサルタント〉のオフィスを訪ね、真一郎と面会した。

「健次郎が入試問題を？」

訊き返す真一郎に、亘が告げた。

「ええ。働いてた印刷工場から盗み出していました。本人からなにか聞いていませんでした？」

「いいえ、なにも」

「しかし、あなたは健次郎さんから信頼されてましたよね？」

「ええ……。生活費のためにバイトを掛け持ちして、帰ってきてあいつに飯を食わせて、勉強を見てやって……。青春をあいつに捧げたと言ってもいいぐらいです」

真一郎が自嘲するように笑うと、右京が切りこんだ。

「そうですか。それほどの関係となると、健次郎さんはあなたの言うことはなんでも受け入れた……」

「どういう意味です？」

「健次郎さんは入試問題を盗んでいました。目的は不正入学に使うことでしょう。だとすると、彼が単独でやったとは考えにくい。それをさせた人物がいるはずなんです」

「それが私だと？」

まだ認めない真一郎を、亘が崩しにかかる。

「調べてみたんですが、この計画が始まったと思われる四カ月前、この会社、相当資金繰りに困っていたようですね」

「だからって……だいたい、試験問題なんて、そんな簡単に盗めるものではないでしょう？」

「それができるんですよ」と右京。「健次郎さんは、数学の問題を一瞬にして記憶し、解いてしまうという特殊能力の持ち主でした。あなたはそれを利用して、入試問題を盗ませるために、彼を印刷工場へ送りこんだんじゃありませんか？　お認めになりますね？」

追いつめられた真一郎は、ついに真実を語り始めた。

「会社が危なかったんです。あのままいけば、確実に倒産だった。必死に頑張って、ようやくここまできたんです。潰すわけにはいかなかった。そんなときでした。相手は不正入学のブローカーだと名乗った。すぐに前金が振り込まれました。健次郎には特殊な才能がある、それを利用すれば金になると。健次郎を呼んで、本当にそんな才能があるのか確かめたんです。ただのいたずらではなかった……。私は健次郎に助けてくれと頼みました。最初は戸惑っていましたが、そしたら本当に……。私は健次郎に助けてくれと頼みました。最初は戸惑っていましたが、会社が危ないと言うと、最後は納得してくれました。しかし、入試問題の印刷がおこなわれた夜……」

健次郎はこう言ったのだった。

——ノートに写したけど、置いてきた……。

真一郎は弟を責めた。

——お前、俺の言うこと、聞けないのか！　今までお前のために、俺がどんだけ苦労したと思ってんだ！

真一郎としても必死だったのだ。それでも真面目な健次郎を翻意させることはできなかった。

——ごめん、兄さん……。やっぱ無理だよ。

罪を告白してうなだれる真一郎に、右京が言った。

「なるほど。やはりそういうことでしたか」

「本当のことを言えず、すみませんでした。でも、健次郎を殺したりなんかしてません。弟と会ったのは、その夜が最後なんです」

真一郎が懸命に訴えた。右京は真犯人を知っていた。

「ええ、わかっています。犯人はあなたと健次郎さんを事件に巻きこんだ人物……」

「……ですね」

亘も知っていた。

四

翌日、右京と亘は真犯人を追いつめるために〈慶明大学〉へ向かった。ちょうど講義が終わったところで、中垣と服部はまだ教室に残っていた。

特命係の刑事たちの姿を認め、中垣が嫌な顔をした。

「今日はなんのご用でしょう?」

「ご報告に」と亘が答えた。「ようやく、健次郎さんの手のひらの記号の謎が解けたので」

右京が健次郎のノートを開いた。

「実は例の入試問題を解いてみたのですが、ひとつだけ解けない問題がありました。いや、正確には問題は解けたのですが、答えの選択肢の中に正解がなかった。つまり、出題ミスがあったということです」

「まさか……」

中垣がノートをのぞきこむ。右京は説明を続けた。

「当然、健次郎さんはそのことに気づいたでしょう。彼は殺される直前、犯人の前でこの問題を解いたと考えられます。そのとき、選択肢に正解がないとわかった彼は、パニックに陥った。そしていつもの癖で、この記号を手のひらに書いたんです。そうだとすると、この記号は、漢字の『中』でも、オイラー関数のΦでも、Øでもありません。空集合。そう、当てはまるものがないという意味だったんです。そう考えたとき、ひとりの人物が思い浮かびました。その人物は、一見しただけで『空集合』と即座に答え、他の可能性には言及しなかった。それはなぜか？　死の直前の健次郎さんと会い、この記号の意味を知っていたからなんですよ。その人物とは……」

右京が左腕を掲げ、まっすぐに講師を指差した。

「あなたです、服部さん」

「えっ？　ちょっと待ってください。それって言いがかりですよ」

服部はすぐさま反論したが、亘がさらに追いつめた。

「健次郎さんのお兄さんの銀行口座に、不正入試ブローカーを名乗る男から振り込まれた前金の記録が残っていました。今、その金が振り込まれたＡＴＭの防犯カメラを調べてもらってます。誰が振り込んだのか、じきにわかります」

「そっかあ」服部が天井を仰ぎ拍手した。「バレてしまったみたいですね」

中垣が信じられないものを見るような目を講師に向けた。

「服部くん……なぜそんなことを？」

このひと言で服部が豹変《ひょうへん》した。不敵な笑みを浮かべて、中垣をののしり始めた。

「なぜ？　大学は僕の才能を認めなかったじゃないですか。僕より若い奴が何人も准教授になってるっていうのに、この年で僕は講師のまま？　講師の給料がどれくらいか、あなたなら知ってますよね？」

「だからって、不正入試を……？」

「森山くんを利用させてもらったんですよ」

服部の脳裏に、あの夜のできごとがフラッシュバックした。

――弟がどうしても教えられないと言っています。なので、いただいたお金はお返しします。

真一郎からその電話を受けた服部は、廃業したボウリング場に健次郎を呼び出した。そして、こう迫った。

——君は研究者になって、お兄さんを喜ばせたいんだろ？　僕が力になる！　だから、問題を書き出すんだ。

それでも健次郎が「できません！」と突っぱねたので、服部は奥の手を使った。

——だったら、警察に通報するよ？　僕が指示したという証拠はない。そうなれば、君のお兄さんは犯罪者だ！　大好きなお兄さんが犯罪者になってもいいのか？

兄を持ち出されて、健次郎は折れた。記憶した入試問題を服部が持参したノートに書き出し始めた。

これですべてうまくいく。そう思っていると、突然健次郎のペンが止まった。そして言った。

——おかしいんです、この問題。選択肢に答えがないんです。

そんなことがあるはずない、どこがおかしいと問いつめる服部に向かって、健次郎は許し難い暴言を吐いたのだった。

——わからないんですか？　おかしいじゃないですか。

「あいつは僕をあざ笑った。凡人だとあざ笑った。あざ笑ったんだ！」理性の箍《たが》が外れたかのように、服部が笑う。「僕はずっと神童っていわれてたんだ。凡人なんかじゃない！　なのに、大学もあいつも、みんな僕を馬鹿にするんだよ」

亘は信じられない思いだった。たったそれだけの理由で、あの明るく一生懸命なケンちゃんが殺されたということが。気がつくと亘は服部の胸倉をつかみ上げていた。

「てめえ！」

鬼の形相の亘を、右京が必死に振りほどこうとする。

「冠城くん、冠城くん……！」

亘は服部を睨《にら》みつけたまま、乱暴に手を離した。


警視庁の一室で、右京と亘が森山真一郎に犯人逮捕の顚末《てんまつ》を語った。

「そうですか……犯人、捕まりましたか」

少し疲れたような声で答えた真一郎に、右京が告げた。

「あなたも窃盗の容疑で事情を聞かれることになります」

「ひとつだけわからないことがあります」亘が真一郎に問いかける。「あなたの会社、たしかに四カ月前まで火の車だった。しかし、そのあと大口の顧客がついて、倒産の危機は脱しましたよね？　なのになぜ、計画を中止しなかったんですか？」

真一郎が歯嚙《はが》みするように吐き捨てる。

「あいつを……認めたくなかった」

「認めたくなかった……？　弟でしょ？」

亘が理解できずにいると、真一郎が心中の歪《ゆが》んだ思いをぶちまけた。

「弟だからですよ！　あいつは優しいだけが取り柄の、人より優れたところなんてなんにもない奴だった。私はそんなできの悪い弟の面倒を見る優秀な兄という役どころだった。それが心地よかった……。それがある日、弟は突然特殊な能力を手に入れた。大学の研究者になるだって？　冗談じゃない。今度は俺が見下される……。それだけは許さない。だって、あいつを育てたのは俺なんですよ！」

徐々に感情が高ぶってきたのか、最後のほうは叫びに近かった。

「だから、犯罪に手を染めさせた」亘の頭に嫌な想像が浮かぶ。「もしかして、小百合さんのことも？」

「あいつの気持ちを知ってて、取り上げてやったんです」

「あなたね……」

亘はことばを失い、拳を強く握りしめた。

右京が静かに、諭すように言った。

「兄弟というものは、ときとして本人たちにしかわからない複雑な感情を持つものなのかもしれません。しかし、あなたのそんな思いが、弟さんが命を落とすきっかけを作りました。その罪をあなたは一生背負っていかなければなりませんねえ。おわかりでしょうが」

右京と亘は、花束を持って事件現場のボウリング場にやってきた。すでにたくさんの花束が供えられているのを見て、右京が言った。

「彼はたくさんの方に愛されていたようですねえ」

「ええ」亘はしゃがみこみ、花を手向《たむ》けた。

「じゃあな」

事件現場から立ち去りながら、亘はプリペイドカードを取り出した。

「君、そのカード……」

右京が気づくと、亘は寂しげに笑った。

「これ見るたびに、あいつを思い出しますね」

「そのうち、数字が光って見えるかもしれませんよ」

右京のことばは、亘には励ましに聞こえた。

第四話

「手巾（ハンケチ）」

一

「許さない！　あなたを父親だと認めない！」

たったさっき聞いたばかりの娘のことばが、樋口彰吾《ひぐちしょうご》の耳の奥でまだこだましていた。意識が薄れていく中、十五年前の光景がふいに蘇《よみがえ》る。

五年二組の教室で、娘の真紀《まき》が起立して作文を発表していた。作文のタイトルは「わたしのお父さん」。その日は授業参観日で、教室の後ろには保護者たちが並んでいた。彰吾もそこに立ち、娘の姿を見守っていた。

真紀は臆することなく、しっかりとした口調で作文を読み上げた。

「わたしのお父さんは学校の先生です。その学校は警察学校。お父さんは警察官の先生です。お父さんはたくさんの警察官を育てています。どうやら怖い鬼教官らしいです。でも、本当はとても優しいんです」

真紀が後ろを振り返り、にこっと微笑《ほほえ》む。どうにも面はゆい気持ちになって、彰吾は思わずうつむいてしまった。

そこでついに意識が途絶えた――。

警視庁警察学校で転落事故が発生した。事故に遭ったのは鬼教官として知られる樋口彰吾。

樋口はすでに病院に運ばれ、落下地点では所轄の鑑識員たちが作業をしていた。

「そこの土も採取しておいたほうがよろしいですね。そこではない、そこではない。もう少しあの、真下のほうです」

警視庁特命係の杉下右京と冠城亘が駆けつけたとき、転落現場とみられる最上階のテラスから鑑識員たちを指揮している者がいた。かつて警視庁の鑑識課で辣腕《らつわん》をふるい、現在は警察学校の教官を務めている米沢守《よねざわまもる》、その人であった。

「おや、現場復帰ですか？」

米沢とは浅からぬ仲である右京が声をかけた。米沢は振り向きざま、笑顔になった。

「あっ、杉下警部。どうもご無沙汰しております」

「なんだか昔に戻ったようですねえ」

「いや、つい出しゃばったまねを」

頭に手をやる米沢に、亘が言った。

「本当は現場、戻りたいんじゃないですか？」

「あなたも相変わらずのようですな」米沢は因縁のある亘にちくりと嫌みを浴びせて右京と向き合う。「今回の件、ご連絡差し上げるかどうか迷ったんですけど、特にそちらの方は気になるかと思いましてな」

　そちらの方呼ばわりされた亘が同意を示す。

「ええ、気になりますね。連絡がなくても、駆けつけてきました」

「冠城くんは、被害者の生徒だったそうですね」

　右京が確認する。

「ええ、つい一年前まで。で、樋口教官は？」

　亘に訊《き》かれた米沢は神妙な口ぶりで答えた。

「幸いにも植えこみがある部分に転落したので、クッションになったようです。しかし、意識不明の重体で現在は病院に」

「事故、自殺、あるいは……」

　右京の示唆するところを、米沢が口にした。

「何者かによって突き落とされた。殺人未遂の可能性も十分に考えられますなあ」

　教官室に場所を移し、米沢がパソコンの画面に樋口の写真を表示させた。

「最上階テラスから転落したのは、樋口彰吾、五十七歳。この道二十年のベテラン教官です」

「どういう教官だったのでしょう？」

　右京の質問に、亘がひと言で答えた。

「マシン」

「マシン？」右京が訊き返す。

「警察官としての資質に欠ける、警察官不適格者を切り捨てるマシンです。一クラス三十五名だと、退学者は通常五名。でも、樋口教官の場合、平均十名。倍です」

「それはたしかに多いですねえ」

「とにかく厳しいんです……」

亘の脳裏に教官室での樋口の言動が蘇った。樋口はとある生徒を呼びつけると、こう言った。

――今から、君が警察官としての資質に欠ける理由を述べていきます。反論があるなら、言ってください。しかし、結論は変わらない。君は警察官失格です。

そのとき樋口は、その生徒が闇カジノに出入りしている証拠写真を握っていた。

「……疑わしいと思った生徒のプライベートを洗い出し、警察官不適格者である証拠を突きつけるんです」

米沢が同僚の信条を語る。

「警察官の不祥事は警察学校の責任。そういう考えの持ち主でしたな」

亘が右京に向けて言った。

「どことなく、似てるんですよ。右京さんに」

「はい？」

「我が道を行く。往々にして、周囲に理解されがたい。あっ、僕は右京さんのこと、理解してますけど」

右京はややむっとしたように、「君に理解してもらっても、特に嬉しくはありませんがねえ」と返した。

「話を戻します」と亘。「現場は警察学校校舎の最上階テラス。樋口教官が転落したのは、十一月二日午前零時から一時の間。事件なら、内部犯行のセンですかね？」

「しかし、学校内の構造を知っている者ならば、外部からの侵入も不可能ではないでしょう」

「あなたのような卒業生なら、十分にあり得ますな」

米沢にあてこすられて、亘が苦笑した。

「まあたしかに、僕なら忍びこめるかも」

「さて、私がお話しできるのはここまでです。これから」米沢が腕時計を見て立ち上がる。「失礼、授業がありますんでね」

「あとはこっちで勝手に調べます」

亘が耳打ちすると、米沢は「聞かなかったことにします」と応じて去っていく。

そのときちょうど教官室に入ってきた生徒に、米沢が指を突きつけた。

「そこ！　バッジの位置がずれてる」

指摘された生徒は、「申し訳ありません」と慌てて直した。

米沢はそれを確認し、「よろしい」と教官室から出ていった。

米沢の教官ぶりに微笑む右京に、亘が話しかけた。

「どう動きます？」

「君は、樋口教官は自殺ではないと思っているのですね？」

「あの人は絶対に自殺するような人じゃない。そして、敵は多い。教官の場合、敵は生徒」

「ただ、退学者や卒業生全員を当たるとなると、その数は膨大ですよ」

右京のことばにうなずいて、亘が言った。

「樋口教官の意識さえ戻ってくれれば、いいんですけどね」

「ええ」

特命係のふたりが救急病院に行くと、ＩＣＵのガラス窓越しに人工呼吸器をつけた樋口に視線を注ぐショートカットの若い女性がいた。

「失礼ですが、樋口教官の……？」

右京が声をかけると、女性は怪訝《けげん》そうに顔を向けた。右京と亘が警察手帳を掲げて名乗る。

「警視庁特命係の杉下です」「冠城です」

女性も警察手帳を掲げた。

「樋口の娘、吉祥寺《きちじょうじ》北署の樋口真紀です」

三人は話をするために応接コーナーに移動した。テーブルをはさんで特命係のふたりと真紀が向き合って座る。真紀が手帳を見ながら父親の病状を語った。

「父は全身打撲による骨折と内臓破裂で緊急手術を受けたようですが、危険な状態で、いつ急変してもおかしくないそうです」

「それはご心配ですねえ」

右京が思いやりのことばを口にすると、真紀が鋭い視線を特命係のふたりに向けた。

「で、これは事件なんですね？」

「ええ」亘が首肯した。「教官は誰かに突き落とされた。我々はそう考えてます」

「医師の話では、意識が戻るかどうかは五分五分。障害が残る可能性も高い。事情聴取できるかどうかはわかりません」

淡々と語る真紀の膝元を、右京は上体を傾けて眺めた。と、突然真紀が立ち上がる。

「では、わたしはこれで署に戻ります」

「他に付き添う方は？」

亘が訊くと、真紀は険しい顔になった。

「家族はわたしひとりです。本来なら、わたしが付き添うべきでしょうが、今、帳場に入ってます。失礼します」

立ち去ろうとする真紀に、亘が声をかけた。

「吉祥寺北署だと、伊丹さんが関わってるビジネスホテル変死事件かな」

「その事件、膠着《こうちゃく》状態だそうですねえ」

右京が話題を振ったが、真紀はすぐに話を切り上げた。

「いえ、それが手掛かりが見えてきたんです。なんとしてでも事件を解決します。捜査がありますので、失礼します」

去っていく真紀の背中を見やり、亘が右京に話しかけた。

「どう思います、彼女？」

「どう、とは？」

「クールビューティー」

「まったく、君という人は」

「でも、いくらクールといっても、父親が今この瞬間、命を落とすかもしれない状況ですよ。冷酷と言っていいほど淡々としてると思いません？　あの父親あってのこの娘ですね」

亘が真紀の性格をそう評したとき、右京のスマホが振動した。

「失礼」右京がディスプレイに目を落とす。「おや、中園参事官からですよ」

「今回の事件、ことは結構ナーバス。これは毎度毎度、通過儀礼でしょう」

「でしょうねえ」

同意する右京に、亘が申し出る。

「その間、動いておきますので」

「はい？」

「怒られ役、お願いします」

逃げるように去っていく相棒をひと睨《にら》みして、右京は電話に出た。

「杉下です」

中園照生の予想どおりの声が鼓膜を震わせた。

――特命は首を突っこむな！

刑事部長室に呼び戻された右京は、中園からねちねちと小言を浴びせられた。

「いいか？　警察学校内での事件なんだ。自殺か殺人未遂かも、まだわからんのだろう。これは慎重の上にも慎重に捜査にあたる必要がある。くれぐれも首を突っこむな！」

執務机越しに内村完爾が質問する。

「冠城はどうした？」

「樋口教官の生徒に話を聞いているはずですが」

正直に答えた右京に、中園が命じる。

「すぐにやめさせろ！　いいか、杉下、この事件には絶対に首を突っこむな！」

ややあって右京が訊いた。

「お話はそれだけでしょうか？」

「そうだ」

「では、失礼します」

一礼して部屋を出ていく特命係の問題児に憎々しげな視線を向ける中園に、内村が訊いた。

「おい、お前、何度言った？」

「はっ？」

「杉下に『首を突っこむな』と何度言った？」

興奮していた中園はよく覚えていなかった。

「えっと……二度でしょうか」

叱責を参事官に任せていた内村はきちんと数えていた。

「三度だ。でも、あいつは一度も『はい』とは言わなかったんだ。いいか、なにか問題が起こったら、すべてはお前の責任だ。返事は？」

中園は右京をまねて、「お話はそれだけでしょうか？」とかわそうとしたが、刑事部長が気色ばむのを見て、すぐに「はい。私の責任です」と頭を下げた。

右京は刑事部長室を出ると、刑事部のフロアに向かった。捜査一課では伊丹憲一と芹沢慶二が噂話をしている最中だった。

「例の警察学校のヤマ、特命が首突っこんで、怒られたみたいですよ」

芹沢のことばに、伊丹が愉快そうに笑う。

「ざまあみろ」

右京がふたりの背後から、顔をのぞかせた。

「ご心配いただき、恐縮です」

伊丹はばつの悪い思いをしながらも、すぐに態勢を整えた。

「これはこれは警部殿。警察学校のヤマは、俺たちの担当じゃないんで、どうぞご自由に」

「その伊丹さんたちが担当なさっているビジネスホテル変死事件、手掛かりが見えてきたとか」

右京が水を向けると、口の軽い芹沢が答える。

「ええ。昨夜、所轄の名物女性刑事が真相に気づいたんですよ」

「おい、余計なこと話すな」伊丹が注意する。

「その女性刑事というのは？」

右京がなおも問いかける。伊丹の注意は芹沢に届いていなかった。

「ほら、あの樋口教官の娘さん」

「樋口真紀巡査……先ほど病院でお目にかかりました」

「父親譲りの我の強そうな奴でしょ」

「彼女がその真相に気づいたというのは、昨夜なんですよねえ」

「深夜の一時過ぎに報告してきましたよ」

「そんなに遅い時間ですか」と右京が驚くと、芹沢は「ねえ」と返した。

伊丹が呆れて割りこんできた。

「警部殿、いい加減にしてください。教官のヤマと、なにか関係があるとでも？」

「それはまだわかりませんが、ただちょっと気になりましてねえ。樋口教官が突き落とされたと思われるのが、午前零時から一時の間。同じ頃、膠着状態だった事件の手掛かりを得たと、真紀さんが報告してきた」

伊丹が顔をしかめる。

「それがなにか？　偶然でしょ」

「ええ、だとは思いますがね。念のために、その事件のことを詳しく聞かせてもらえませんか？」

「警部殿、それって悪い癖ですよ」

伊丹が忠告したが、右京はまるで意に介さなかった。

「おわかりならば話が早い。ぜひお願いします」

伊丹は思わずのけぞった。

二

吉祥寺北署に置かれた「ビジネスホテル変死事件捜査本部」でホワイトボードを前にして、伊丹が右京に説明していた。

「十月二十日、大手電機メーカーの機密データが何者かに盗み出された。すぐに犯人は、研究部門に勤務していた野田啓介《のだけいすけ》、三十五歳と特定されました」

眼鏡をかけた神経質そうな野田の写真を指で示し、伊丹が続けた。

「ホストコンピューターへのアクセス記録と、防犯カメラの映像から野田だと割れたんです。データが海外の企業に売り渡されたという情報も入ってきました。しかし三日後、ビジネスホテルで野田が首を吊ってるのが発見されたんです」

芹沢が伊丹の説明を受けた。

「事件が発覚したことで、追い詰められた末の自殺。そう思われましたが、一転、自殺は偽装の可能性が浮上しました」

伊丹がホワイトボードから野田の爪と首を写した写真をはがし、その理由を語った。

「野田の爪からわずかな繊維片が見つかりました。鑑識の結果、野田にはネクタイの上から、タオルを巻かれていた痕跡があったんです」

右京が二枚の写真を検《あらた》めながら言った。

「ひもで首を絞められた際に、ひもを解《ほど》こうとしてできる引っかき傷、すなわち、吉川線《よしかわせん》が残らないよう、ネクタイの上からタオルを巻いて自殺に見せかけて殺害された……」

無意識のうちに写真をスーツの内ポケットにしまおうとする右京を、伊丹が制止する。

「ちょ、ちょい！」

「ああ、これは失礼」

伊丹が取り返した写真をマグネットでホワイトボードに貼り直した。

「他にもおかしな点がありました。機密データを売ったはずなのに、口座に金が振り込まれた形跡がない。金がどこからも出てこない」

「野田さんは犯人ではなかった……？」

右京が確認すると、芹沢がホワイトボードの野田翔太《しょうた》と書かれた男の子の写真を示した。

「ええ、野田啓介には五歳になるひとり息子がいます」

伊丹が渋い顔になる。

「妻と死別して息子とふたり暮らしです。しかし、野田が機密データを持ち出したとされる頃、その息子が拉致監禁されていたんですよ」

右京が話の流れを読む。

「それに気づいたのが真紀さんですか」

「ええ」伊丹がうなずいた。「つまり、野田啓介は息子を人質に取られ、犯人から機密データを盗み出すよう脅迫されていた」

芹沢が右京の耳に口を近づける。

「金は犯人の手に渡り、野田啓介は自殺に見せかけて、殺されたっていうわけです」

「真紀さんが拉致監禁の事実に気づいたきっかけというのは、なんだったのでしょう？」

「息子の対応に当たっていてわかったと言ってましたが」伊丹が話を切り上げる。「さあ、もうよろしいですね、警部殿。あとはご勝手に」

亘は警察学校の柔道場にいた。生徒たちから話を聞き、一段落がついたところだった。

いまのところめぼしい成果は上がっていない。格子窓の間からぼんやり外を眺めていると、いきなり「首を突っこむな!」と大声で怒鳴られ、びくっとした。

「って、刑事部長に言われてるんでしょ?」

と言いながら入ってきたのは、サイバーセキュリティ対策本部の特別捜査官、青木年男だった。警察官としては亘の同期である。

「お前か。やっぱり気になるのか」

「そりゃあ、気になりますよ。僕にとっても、樋口教官は警察官の『いろは』を教わった恩師ですからね。教官の生徒から話を?」

「ああ」

「いやあ、いつかこうなるんじゃないかと思ってたんですよね。僕の頭の中では、百回殺してますから、樋口教官。気持ち、わかるなあ」

不敵な物言いをする青木に、亘は唖然《あぜん》とした。

「お前が警察官不適格者にならなかったのが謎だ」

亘が皮肉を言っているところへ、柔道着を着た生徒が五人、口々に「入ります!」と言って入ってきた。

亘が生徒に話しかける。

「君たち、樋口教官の生徒?」

「はい」

ひとりが答え、他の四人も首を縦に振った。

「話、聞かせてほしいんだけど。事件のことで、なにか心当たりない？」

亘の質問に、一番背の高い生徒が「はい」と挙手をした。

「名前は？」

「手塚英雄《てづかひでお》です」

「なにか知ってるの？」

手塚がはきはきとした口調で答えた。

「先ほど校長にもお伝えしたのですが、樋口教官が転落する少し前、午前零時頃、テラスに出て行く女性を見かけたんです」

「ここの生徒？」

亘が訊くと、手塚は否定した。

「いいえ。スーツを着た見覚えのない人でした」

亘と青木は空き教室に場を移し、手塚の証言をもとに、その女性の似顔絵を描くことにした。

亘は絵心があるほうではない。似顔絵を描いてはみたものの、漫画のようなおかしな絵になってしまった。

「どうです？　できました？　ちょっと見せてくださいよ」青木が亘の似顔絵をひったくるように奪い、見た瞬間爆笑した。「相変わらずドヘタですね。ちゃんと実習を受けていたんですか？　冠城さんこそ警察官不適格者にならなかったのが謎ですよ」

亘が舌打ちをして、「お前の見せてみろ」と言うと、青木は手塚に向けて絵を掲げた。

「どう？　こんな感じかな」

「はい、そっくりです」

手塚が認めた似顔絵を亘がのぞきこむ。たしかに青木は絵がうまかった。そして、その似顔絵の人物を亘は知っていた。

「樋口真紀だ」

「えっ？」青木はそれが誰か知らなかった。

「樋口教官の娘さん」亘が青木に告げた。

その頃、吉祥寺北署では捜査員たちが防犯カメラの映像をチェックしていた。野田翔太が拉致されるところが映っていないか、手分けして探していたのだ。

そのとき樋口真紀が声を上げた。

「あった。ありました！」

野田翔太と思われる男の子がサングラスをかけた男に抱きかかえられ、黒いワンボックスカーに連れこまれる瞬間がたしかにとらえられていた。

　翌日、特命係の小部屋で、右京は樋口彰吾の経歴を調べていた。亘はホワイトボードに事件の概要を書き出していた。

「なぜ樋口真紀は突き落とされる直前の教官と会っていたのか。そして、そのことをなぜ黙っていたのか。本当は突き落としたの、彼女なんじゃないですか？　病院での彼女の態度、ちょっとおかしかったですよね。ちょっと、右京さん、聞いてます？」

「聞こえてますよ」

　右京が気のない返事をしたところに、組織犯罪対策五課長の角田六郎が「おい、暇か？」と言いながら入ってきた。

「暇じゃありません」

　亘は言ったが、角田は受け流し、持参した取っ手にパンダのついたマグカップに特命係のコーヒーを注ぐ。

「あら、楽しそうじゃない。聞いたよ。あの教官のヤマ、調べてるんだって」

「樋口教官のこと、ご存じなんですか？」

「ああ。あの人に教えられた生徒は結構いるからね。噂はよく聞くよ。元々、優秀な刑事だったらしいじゃない」

「そのようですねえ」右京が同意した。「樋口教官は過去に二度、警視総監賞を授与されています」

「なんで現場から退いたんですかね」

疑問を呈した亘に、右京は資料を差し出した。

「興味深いものを見つけましたよ。樋口教官は二十三年前のこの事件を最後に、現場を退いています」

亘が資料を読む。

「『大手総合化学メーカーの研究部に勤める桟原誠一《さじはらせいいち》が、機密データを盗み出し、海外の企業へ売却した末に自殺』……?」

「ええ。今回のビジネスホテル変死事件の事件概要とまるで一緒ですね」

右京が意味深な指摘をしたところへ、青木が一枚の紙を手に部屋に入ってきた。

「杉下さん、頼まれていたものです」

「どうもありがとう」

「なに?」と訊く亘に、青木は「樋口親子の戸籍ですよ」と答えた。

「戸籍?」

「元区役所職員の僕としても、そこいらは気になるところですからね」

青木が自らの過去に言及している間に、右京は戸籍に目を通していた。

「真紀さんは三歳のとき、樋口教官に養女として迎えられていますね」

「養女ですか？」亘も戸籍をのぞきこむ。

「ここ、見てください」

右京が真紀の父母の欄を指差した。

亘が父親の名前を読み上げる。

「樋口真紀の本当の父親は桟原誠一」

母親の名前は桟原響子《きょうこ》となっており、真紀はそのふたりの長女だった。

「樋口教官は捜査にあたった事件の犯人の娘を、養女にしていたってこと？」

角田が関係を整理すると、亘が言った。

「現在のふたつの事件は、過去のひとつの事件に繋《つな》がってる」

「行きましょう」

右京が上着に腕を通し部屋から出ていくと、亘もそれに続いた。ふたりの背中に向かって、青木がつぶやいた。

「これ以上首突っこむと、また怒られちゃいますよ」

ふたりが向かったのは吉祥寺北署の捜査本部だった。樋口真紀は今日もまた防犯カメラの映像をチェックしていた。プリントアウトされたサングラスの男の画像に目をやり、右京が真紀に声をかけた。

「野田翔太くんを拉致した男を見つけたんですね。それで今、この男の行方を追っているわけですか」

捜査本部に詰めていた伊丹が立ち上がる。

「警部殿、首を突っこむのはこっちじゃないでしょ」

「それがふたつの事件に関連性が出てきたものですからねえ」

右京の思わせぶりな発言に、芹沢が食いつく。

「樋口教官の事件と？」

「そこで、詳しい話をうかがいに来たんです、彼女に」

亘は真紀を目で示したが、その真紀は「わたしがお話しすることはなにもありません」と突っぱねた。

亘が真紀の目の前にタブレット端末をかざして、真紀の戸籍を表示した。画面をスワイプし、桟原の事件報告書を表示する。さらにもう一度スワイプすると、青木が描いた似顔絵が出てきた。

「それとこれが、樋口教官が突き落とされる直前に会っていた人物の似顔絵」

頬を強張《こわば》らせた真紀に右京が迫った。

「どうでしょう？　お話しいただけませんか」

真紀は廊下に出ると、特命係のふたりと捜査一課のふたりに向かって告白した。

「警察学校に入る前、父から初めて、自分の出生について聞かされました。かつて犯罪を起こした男の娘。ショックでした。でも同時に、わたしを引き取って育ててくれた父に感謝しました。それが、今度の事件に関わって、父の嘘に気づいたんです」

真紀はことばを切ると、一拍置いて続けた。

「野田さんのひとり息子、翔太くんを施設に預けるための対応にあたっていたときです。翔太くん、自分の腕に落書きをしていました。渦巻のような、唐草模様のような特徴的な柄でした。唐突に断片的な記憶が蘇ったんです。翔太くんが描いた絵と同じ入れ墨をした男に、ハンカチで薬のようなものを嗅がされた記憶。どこか暗い場所で目を覚ましたと思ったら、また入れ墨の男に眠らされた記憶。入れ墨の男が去っていく記憶……。時間をかけて話を聞くと、翔太くんにも、わたしと同じような断片的な記憶があったんです」

「待ってください。二十三年前、君も同じ入れ墨の男に拉致監禁されていたと……？」

亘が真紀の話を整理した。右京は真紀が警察学校へ行った理由を察した。

「それを確かめるために、当時、事件を担当した樋口教官に会いに向かったのですね」

うなずいた真紀の頭に、そのときの光景が鮮明にフラッシュバックした――。

真紀が疑惑をぶつけると、樋口は驚いた顔になった。

――二十三年前、お前も拉致監禁された……？　間違いないのか？　二十三年前、栈原誠一もまた我が子を誘拐されて、機密データを盗み出すよう脅迫され、その揚げ句、殺されたんだ……。

「気づいてたのね。殺人だと気づいてたのね。気づいていて、自殺として処理した。栈原誠一は犯人じゃない。被害者だとわかっていて……だからわたしを養女にした。罪悪感から……そうなんでしょ？　答えてよ！」

真紀は迫ったが、樋口は「俺たちの問題はあとだ！」と怒鳴るなり、事件についてなにやら小声で口走り始めた。

――事件の解決が先だ。今の事件さえ解決できれば、二十三年前の事件も解決できるんだ。同一犯か？　いや、模倣犯か？　同一犯だとすれば、なんで二十三年経って、同様の事件を起こしたんだ？　模倣犯だとしたら、どうやって二十三年前の事件、知ったんだ？　そこが事件の……。

真紀はいたたまれなくなって、父親の頬を思い切り張った。そして大声で罵倒したのだ。

「許さない！　あなたを父親だと認めない！」と――。

真紀の証言を聞いて、右京が言った。

「そして、あなたが立ち去った直後、樋口教官は何者かに突き落とされたと……」

亘は別の見解を抱いていた。

「あるいは、あなたが突き落とした」

「わたしじゃありません」

真紀は否定したが、亘は疑っていた。

「自覚していると思いますが、君は最重要参考人だ」

このとき真紀のスマホが震えた。ディスプレイを確認して、「病院からです」と告げると、電話に出る。短い会話のあと、電話を切って一同に向き直る。

「父の意識が戻ったそうです」

「ああ、それはよかった」

喜ぶ右京の隣で、亘が宣言した。

「樋口教官に話をうかがいます」

真紀が特命係のふたりの前から歩み去ると、伊丹が言った。

「警部殿、あとは引き継ぎますので、こっちはお任せください」

三

意識が戻ったとはいえ、樋口彰吾の容態はまだ安定していなかった。看護師の立ち会いのもと、事情聴取がおこなわれた。

「単刀直入にお訊きします。テラスから、誰かに突き落とされましたね？」

右京が口火を切ると、樋口は明瞭に「はい」と答えた。

「その人物に心当たりは？」

「後ろから突き落とされたので、顔は見ていません」

ここで亘が割りこんだ。

「教官、事件の直前、娘さんと会っていたことはわかってます」

「冠城、娘は犯人じゃない」

「でも、顔は見てないんですよね？」

結論を急ごうとする亘に代わって、右京が訊いた。

「こうは考えられませんか？ あなたは突き落とされる直前、真紀さんと二十三年前の事件について話をしていた。それを誰かが聞いていた。そして、あなたの口を塞ごうとした。もしそうだったとしたらなんですがね、その人物に心当たりはありませんか？」

答える前に樋口が咳《せ》きこんだ。看護師が「もうよろしいですね？」と面会を打ち切った。


その夜、右京と亘は〈花の里〉で事件のことを話し合っていた。

亘が白ワインを飲みながら訊く。

「右京さんは、真紀さんが犯人だと思ってないんですよね？」

「ええ」右京はいつものように燗酒《かんざけ》だった。

「ぜひ、その根拠をお聞きしたいんですが……」

「君は芥川龍之介《あくたがわりゅうのすけ》の短編『手巾《ハンケチ》』をご存じですか？」

右京が唐突に文豪の話を持ち出したため、亘は戸惑いを覚えた。

「ハンケチ？　いや知りませんが」

女将《おかみ》の月本幸子が興味を示した。

「どういうお話なんですか？」

「物語はいろいろな解釈ができる内容なのですが、小説の中でこういう描写が出てきます。子供を病気で亡くした母親が、ときには笑みさえ浮かべながら、子供の死を語る。それを聞いていた主人公が、床に落とした物を拾おうとテーブルの下にかがむと、母親がちぎれんばかりにハンカチを握りしめているのが見えた。うわべは冷静を保っているが、心の中では慟哭《どうこく》していたという話です」

「へえ、深い話ですね。今度読んでみます」

「よければお貸ししますよ」

「ありがとうございます」

右京と幸子の会話に焦《じ》れるように、亘が言った。

「で、その『手巾』がいったいなんなんです？」

右京は諭すようにこんこんと語った。

「真紀さんは病院で、樋口教官が危険な状態であることを淡々と話していました。そのようすがちょっと気になりましてねえ。手元を見てみたんです。彼女はハンカチを、ちぎれんばかりに握りしめていました。父親が命を落とすかもしれない、まるでその悲しみに耐えるかのように。もし彼女が突き落とした犯人ならば、娘としてむしろ悲しむふりをするでしょう。テーブルの下でハンカチを握りしめたりはしませんよ。彼女は今、なにより事件解決を優先しているようです。樋口教官の背中を見て、真紀さんは育ちました。警察官としてのあるべき姿を父から受け継いでいる。僕にはそう思えるんですよ」

右京の話は説得力があった。亘は真紀を疑っていた自分が恥ずかしくなった。

「じゃあ、犯人は樋口教官の知っているなにを恐れて、口を塞ごうとしたのか」

「そこが鍵です」

「想像がついてるなら、教えてください」

亘が右京のほうへ体を傾ける。

「君は言っていましたね。樋口教官は生徒のプライベートまで調べ、警察官としての資質に欠ける証拠を見つけ出すと」

右京が言いたいことを亘は理解した。

「教官が調べ上げたものの中に、なにか犯人にとって不都合なことがある。それこそが事件の真相に関わってると？」

「そういうことですね」

このとき亘のスマホの着信音が鳴った。

「真紀さんからです」と伝え、亘が電話に出る。

――父から伝言です。自宅の書斎に生徒の行動確認メモがあるので調べてほしいと……。本部の捜査員ではなく、冠城さんに。

「わかった。調べてみる」

亘が通話を終えると、右京が言った。

「教え子として、期待を裏切るわけにはいきませんねえ」

亘の頬がふっと緩んだ。


翌日、特命係のふたりは樋口彰吾の自宅へ向かった。居間には家族の写真がたくさん飾られていた。真紀が子供の頃、親子三人で写した写真が多かった。真紀が大きくなってからの写真は少ないが、警察学校の前で真新しい制服を誇らしげに着て父親と並んで撮った写真が目を引いた。仏壇には樋口の妻の遺影もあった。

書斎に入ると、書架にずらっとファイルが並べられていた。亘がそれをざっと見回す。

「噂は聞いたことがあるんです。生徒の外泊が許される土日のタイミングを見計らって、目をつけた生徒の行動確認をおこなう」

「徹底されていたようですねえ」右京が一冊のファイルに手を伸ばした。「おや、これは君がいた頃の記録ですよ」

「えっ？」

右京はさっそくファイルを開き、とある記述に目を走らせた。

「青木くんのことも書かれていますねえ。警察嫌いという点を高く評価しています。『警察嫌いだからこそ、警察の組織に呑みこまれない』と」

「俺のことは、なんて書いてあります？」

亘が自分の評価を気にした。

右京は別のページを開くと、素早く目を通し、ファイルを閉じた。

「資料は持ち帰って調べましょう」

「ちょっとだけ、ちょっと……」

「なぜか褒めてますね」

右京は不本意そうな口ぶりで言い、ファイルを亘に渡した。

「すみません」亘がファイルを開いて、自分に関する記述を読み上げる。「『常におどけた仕草をしたり、軽口をたたく傾向がある』……けなされているじゃないですか」

「そのあとですよ」

「えっ。『目的のためなら奔放で大胆な行動をとりがちで危なっかしい』……もっとけなされてますけど……」

「そのあとですよ」

「『ただし彼には矜持《きょうじ》がある。キャリア官僚の立場を捨ててまで刑事になろうとした強さ、それは正義を貫く強さだ』」

「嬉しそうですね」

にんまりする亘を、右京がからかった。

「口では一度も褒められたことはありませんでしたから」

このとき右京のスマホが振動した。

「失礼。あっ、角田課長からです」亘に告げて、電話に出る。「杉下です」

――おう、伊丹たちのほうで動きがあったぞ。子供を拉致監禁していた入れ墨の男を捕まえたってよ。

警視庁の取調室では、伊丹と芹沢が右腕に入れ墨のある男を取り調べていた。

「お前が野田翔太くんを拉致監禁したことはわかってるんだ。子供を人質にとって、野田啓介さんに機密データを盗み出すよう脅迫しただろ！　そして、自殺に見せかけて殺した」

伊丹が強面《こわもて》で迫ったが、久保田《くぼた》は白を切るばかりだった。

「知らないですよ」

「機密データを売り渡した金を、どこに隠したんだ！」

そのようすをマジックミラー越しに隣の部屋から見ていた真紀が、入ってきた右京と亘に伝える。

「久保田武士《たけし》、二十五歳。〈オールウェイズ・エステート〉——不動産会社の社員です」

「表向きはってとこだね」亘が確認した。

「はい。実は〈銀龍会《ぎんりゆうかい》〉のフロント企業の可能性が高い」

「指定暴力団、〈銀龍会〉か」

右京が男の右腕の唐草模様のような特徴的なデザインの入れ墨に目をやった。

「どうでしょう。彼の入れ墨は、あなたが見た入れ墨と同じものでしょうか？」

「ええ」真紀はうなずいたが、同時に戸惑っていた。「でも、二十三年前、彼は二歳です」

「同一犯でなければ、樋口教官が言うように、もうひとつの可能性が」

右京のヒントで、真紀にも答えがわかった。

「模倣犯」

「そういうことになりますね」

「調べてみます」

亘はそう言い残し、部屋から出ていった。右京もそれに続いた。

数時間後、久保田の取り調べはまだ続いていた。取調室に断りもなく入ってきた右京と亘の姿を見て、伊丹が苛立《いらだ》ちを露《あら》わにした。

「ああ……こっちは任せてください」

「ひとつだけ」右京は動じることもなく人差し指を立てて、久保田に向き合った。「その入れ墨はあなたのオリジナルではありませんね？」

亘が久保田と同じ入れ墨の写真を取り出した。

「赤松建彦《あかまつたけひこ》、お前の兄貴分らしいな。五年前、赤松が事故で死んだとき、同じ柄の入れ墨を入れたんだろ」

「引き継いだんだよ」

不満そうに告白する久保田に、右京が訊いた。

「引き継いだのは、それだけではなかったはずです。ちなみに、十一月二日、午前零時から一時の間、あなたは警視庁警察学校にいませんでしたか？」

「そんなとこ、行かねえよ」

「警部殿、そっちのほうはアリバイがあるんですよ」

伊丹のことばは右京には想像がついていた。

「やはりそうでしたか。では、行きましょう」

「失礼します」

さっさと取調室から出ていくふたりを見送りながら、芹沢が「え、それだけ？」と漏らした。

右京と亘は樋口の家から持ち帰ってきたファイルを調べるために、特命係の小部屋に戻った。

「ビジネスホテル変死事件の犯人は、久保田で決まりでしょう。しかし、樋口教官殺人未遂の実行犯ではない」

亘の推理に、右京が同意した。

「その実行犯こそが首謀者でしょうねえ」

「そして、そいつはこの中にいる」

亘がファイルを見やったとき、真紀がドアロに現れた。

「本来なら父が間違いなく『警察官失格』と判断した生徒ですね。手伝わせてください」

　亘がうなずく。

「樋口教官なら、必ずなにかをつかんでたはずです」

「手分けして調べましょう」右京が提案した。

　しばらくファイルを調べて、亘が感心したように言った。

「それにしても本当、徹底して調べてるな。現場から退いたあと、警察官を育てることに全力をかけてきたんだろうな」

　それを聞いて、真紀の心が締めつけられる。そのとき右京が声を上げた。

「これを見てください」ファイルの記述を指差して読み上げる。「『その男は〈オールウエイズ・エステート〉という会社に出入りしている。この会社を調べる必要がある』」

　ファイルから顔を上げて、右京が宣言した。

「これですべてが繋がりました」

四

　亘は警察学校のテラスに手塚英雄を呼び出した。

「あの……私に話というのは？」

　戸惑う手塚の前に、右京と真紀が現れる。亘が手塚に質問した。

「樋口教官が突き落とされる直前、テラスに出て行った女性は彼女かな？」

「ええ、間違いありません。この人です。この人が教官を突き落としたんですか？」

真紀が手塚の前に出る。

「そう思わせたかったのね」

「あの夜、本当はお前もここにいたんだろ」

亘の突然の告発に、手塚は虚をつかれた。

「はっ？」

右京が推理を語り始めた。

「君は樋口教官と彼女が言い争うのを見て、その内容をひそかに聞いたんですよ。ずいぶんと驚いたことでしょう。かつて、君の父親の起こした事件のことだったんですから。二十三年前の拉致監禁の実行犯が赤松建彦。しかし、桟原誠一さん殺害、そしてデータの売却を考えれば、共犯者がいたと考えるのが自然です。金の流れを調べ上げ、浮かび上がった人物は手塚正敏《まさとし》。ええ、君の父親ですよ」

「手塚正敏は二十三年前、投資会社を起業している。事件で得た金を元手にしたんだ。お前はそのことを知ってたんだろ？」

「そして今回、君は久保田と組んで、かつて父親が犯した犯行の手口をまねて、事件を起こした」

亘と右京から交互に追及されても、手塚はあくまでしらばっくれた。

「待ってください。いったいなんの話をされてるのか……。そもそも久保田なんて男、私は知りませんよ」

ここで亘が、樋口のメモを手塚に突きつけた。

「樋口教官は目をつけた生徒のプライベートまで洗う。お前の行動確認メモには、久保田との関係まで詳しく記録されていた。あの夜、テラスで話を聞いたお前は、久保田の関係まで知られてるかもしれない――そう思って、教官の口を塞ごうとしたんだ。野田翔太くんを監禁していた現場からは、久保田だけじゃなく、お前の指紋も出てる。最近、手塚正敏の会社は投資に失敗して、巨額の損失を出したようだな。穴埋めのための金をお前がつくろうとした」

メモに目を通した手塚は観念して自白した。

「こんなことで終わってほしくなかったんだよ。だって、すげえだろ、俺の親父」

「君の父親は、さまざまな犯罪に手を染めてきたのでしょうねえ」

右京の指摘に、手塚が開き直る。

「でも、一度も逮捕なんてされてない。二十三年前の事件だって時効だろ？　だから俺もこうやって、なんの問題もなく警察学校に入れてる」

「君は犯罪者になるために警察学校に入ったというわけですか」

「最高の隠れ蓑でしょ」手塚が強弁した。「警察の動きを知りながら、犯罪を起こすことができる。それにここで教わることは勉強になる。最新の犯罪捜査を教えてくれるからね。警察学校は俺にとって最高の犯罪者養成学校だったよ」

右京が手塚の前へと歩み寄る。

「そんな君を樋口教官が見逃すとでも思ったのですか？　警察学校には使命を持って警察官を育てている教官が数多くいます。そして、誇り高き本物の警察官もまた数多く生まれていく。そのことを君はわかっていない」

「なにが言いたいんだよ」

「警察官をなめるんじゃない！」

右京が大声で叱責すると、あまりの迫力に手塚はよろめいた。

数日後、テレビでは手塚正敏逮捕のニュースが流れていた。

――投資会社〈帝都アセットマネジメント〉社長、手塚正敏容疑者が逮捕されました。

特命係の小部屋で右京、亘と一緒にニュースを見ていた角田が言った。

「前々からきな臭い噂はあったんだけど、なかなか尻尾を出さない奴でさ。いやあ、ホントよかったよ」

亘は右京に耳打ちした。

「真紀さん、志願して捜査に加わったそうですよ」

　樋口彰吾は順調に回復していた。右京と亘が病院へ見舞いに行くと、事件を解決した真紀が父親の世話をしていた。

　特命係のふたりの姿を認めた樋口が頭を下げる。

「杉下警部に冠城巡査、本当にありがとうございました」

　亘がベッドサイドに近づいた。

「真紀さんの捜査をフォローしたまでです。それより教官、奇跡的な回復だとうかがってます。もうすぐ復帰できるんじゃないですか？」

　黙したままの樋口に亘が語る。

「二十三年前の事件のこと、僕なりに調べました。教官は事実を隠蔽《いんぺい》しようとしたわけじゃない。栈原さんの自殺は偽装された可能性があることに気づいて、再捜査しようとした。でも、上に何度掛け合っても却下された。事実を追いたくても追えなかった。その贖罪《しょくざい》もあって、真紀さんを引き取り、育てた。それだけじゃない。警察学校の教官として、本物の警察官を育てるため、全力で指導にあたった。教官、戻ってください」

　亘が頭を下げると、右京が樋口の娘に声をかけた。

「真紀さん。あなたのご意見も聞いてみたいですね」

真紀はベッドサイドの椅子に腰かけ、父親と目を合わせた。

「二十三年前、たとえどんなに上から止められようと、真実の追及を諦めてはいけなかった。あなたが断ち切ることのできなかった犯罪によって、今回、また命を落とした人がいる。今のあなたに、胸を張って理想の警察官を育てることができるでしょうか？その資格があるでしょうか？　あなたは『教官失格』です」

そう告げた真紀は、膝の上でハンカチを強く握りしめていた。


「真紀さんのあのことば……」

病院からの帰り道、亘が話題を振ると、右京が見解を述べた。

「ええ。教官を思ってのことばでしょう。樋口教官にとって、今回の真実は非常に重いものです。それを抱えて教官を続けることは、過酷な道だと思いますよ。常に自問自答しなければなりませんからねえ。教官として警察官を育てる資格が自分にはあるのか、と」

「真紀さんはそのことがよくわかっていた」

「だからこそ、あえて引導を渡したのだと思いますよ」

亘が遠くを見ながらぽつんと言った。

「樋口教官が去っても、その志は真紀さんに引き継がれている」

「ええ。そして君にも」

「いやいや……」

照れる亘に、右京が笑いかけた。

「今のは僕の願望ですがね」

第五話

「ジョーカー」

一

東京地方裁判所前に大勢の取材陣が押し寄せていた。世間の耳目を集める裁判が開かれようとしていた。

某テレビ局の女性レポーターがマイクを片手に声を張り上げている。

「元警察官が警視庁を訴えた裁判に、大きな関心が寄せられています。原告は元警視庁捜査二課の刑事、早見《はやみ》一彦《かずひこ》氏。半年前、早見氏に違法行為があったとされ、懲戒免職処分が下されました」

警視庁特命係の冠城亘はこの裁判の傍聴にやってきていた。

「予想はしてましたけど、結構な騒ぎですね」

亘が話しかけた相手は、上司に当たる杉下右京だった。

「元とはいえ、警察官が警視庁を訴えたのですから、世の中の関心は高いと思いますよ」

「原告の早見氏が裁判所に入ります！」

弁護士と一緒にやってきた早見を見つけた女性レポーターが、クルーとともに駆けつける。

「早見さん、コメントをいただけますか？　今の心境は？」

他局のレポーターもコメントを取ろうと質問を投げかけていたが、早見は口をつぐんだまま裁判所に入っていった。

そのようすを眺めていた亘が言った。

「面倒な裁判の上、原告代理人はあの連城《れんじょう》です」

連城建彦《たけひこ》はかつて、稀代の殺人鬼、北一幸《きたかずゆき》の弁護を担当したことがある。天才だが人を食った連城に、特命係のふたりは大いに手を焼いた。

そのことを思い出したのか、右京は「なにか因縁めいたものを感じますねえ」と応じた。

「だけどこの状況下で、本当にあの人、出廷するんですかね？」

亘が被告側の証人のことを心配した。

法廷で裁判が始まった。

「証人、お入りください」

裁判長の呼びかけで、証人が証言台の前に立った。

続いて書記官の「起立願います」ということばで、原告席の早見と連城が立ち上がる。

傍聴席の右京や亘も起立した。

「宣誓してください」

裁判長の求めに応じ、証人が重々しい声で宣誓した。

「宣誓。良心に従って真実を述べ、何事も隠さず、偽りを述べないことを誓います。大河内春樹」

「来ましたね、あの人」

耳打ちする亘に、右京がうなずいた。

「ええ」

宣誓が終わり、原告代理人の連城が証人尋問を開始する。

「警視庁警務部人事一課、大河内春樹首席監察官ですね？」

「はい」

「今回問題となっているのは、原告の妻である、〈帝都データサイエンス研究所〉の主任研究員、早見幹子《みきこ》さんが亡くなった事件です。その捜査において、早見氏が懲戒免職処分にあたると判断した経緯を詳しく説明していただけますか？」

「半年前です……」

大河内が顔色ひとつ変えずに説明した。

事の発端は早見幹子が歩道橋から転落して死亡したことだった。自殺と断定された事案だが、当初は事件なのか事故なのか、はっきりとわからなかった。そこに早見が勝手に捜査した揚げ句、殺人の可能性を訴えてきた。幹子が歩道橋から男に突き落とされたという目撃者を見つけ出してきたのだ。

苦慮した警務部長の山内秀夫《やまうちひでお》は大河内を呼びつけ、この件を調べるように命じたのだった。

大河内の脳裏に、取り調べのときの光景が蘇《よみがえ》る——。

「証言したのは、この坂出昌平《さかいでしょうへい》ですね？」大河内は取調室で早見に坂出の写真を突きつけた。「だが、この坂出はあなたがかつて詐欺容疑で逮捕した男。そして、更生させるために目をかけていたとか。しかも、偽証の可能性が強まって以来、坂出は行方をくらましている」

大河内が疑惑をぶつけると、早見は当初、こう反論していた。

——私が偽証させたとでも？

さらに取り調べを進めて数日後、大河内は新たな情報を手に入れた。

「奥さんは心療内科に通っていたようですね。あなたとしては愛する妻の自殺など受け入れがたいことだった。だから、別の可能性を信じようとした」

大河内のことばに、早見が感情を露《あら》わに訴えた。

——聞いてくれ！　妻は何者かに脅迫されてたんだ。間違いない。誰かに殺されたんだ！　でも、その証拠が見つからなかった。

これだけ聞けば十分だった。

「だから、嘘の目撃証言をでっち上げたと。では、偽証させたことは認めるんですね？」

大河内は早見に迫ったのだった――。

証言を聞いた連城が大河内に尋問する。

「そして、最終的に早見氏が自白したと？」

「はい」

「しかし、その自白は不当な取り調べにより、強要されたものではありませんか？　あなたは何日にもわたり、限度を超えた執拗《しつよう》な監察聴取をおこなったのではないでしょうか。退出を認めない。密室の中で何時間も無言で睨《にら》み続ける。自白するまで聴取をやめないと脅し、目撃証言をでっち上げたと言わざるを得ない状況に追いこんだのではありませんか？」

連城が立て続けに攻めたが、大河内は突っぱねた。

「自白の強要などしておりません」

「しかし、原告は強要されたと訴えているんです」

そのひと言で大河内の顔がかすかに歪《ゆが》んだ。

「そこ、攻めてくるかって感じですね」

傍聴席の亘が意外そうにささやく。右京は冷静に受け止めた。

「なにか勝算があるのでしょうねえ」

大河内の尋問を終えた連城が、次の証人の出廷を求めた。山下香苗《やましたかなえ》という中年の主婦だった。

「四月四日、午後一時頃、有明《ありあけ》中央公園で、あなたは早見幹子さんが何者かと激しく言い争っているのを目撃されましたね？」

連城が問いかけると、香苗はうなずいた。

「はい。あとでニュースを見て、あの女の人だったと思いました」

「その公園は、遊歩道で幹子さんが転落した場所と繋《つな》がっています。そして、幹子さんが転落したのが午後一時十五分」連城はそう補足し、香苗に訊《き》いた。「言い争っていた相手を覚えていますか？」

「いえ、帽子を目深《まぶか》に被った男性だったとしか……」

「では、なにを言い争っていたか、お聞きになりましたか？」

「内容までは……。ただ、その亡くなった女性が叫んでいるのが聞こえてきて……。『わたしを殺すつもり⁉』と」

香苗の証言で、法廷がにわかにざわつきだした。連城が心持ち大きな声で言った。

「少なくとも警察はこの事実を把握していません。そもそも警察が早見幹子さんの死を自殺だと決めつけたこと自体、誤りだったんじゃないでしょうか」

法廷を出た廊下で、右京は連城から声をかけられた。

「こんなところでお会いできるとは……」

「お久しぶりですねえ」

「またお会いしたいと思っていましたよ」

連城は自らの天才的な記憶力を誇りに思っており、右京もまた同類であると感じていたのである。

「早見さんが警察を告訴するにあたって、あなた自ら、原告代理人になると名乗り出たとか」

連城が右京のことばを肯定した。

「ええ。こんな面白い裁判、誰にも渡したくありませんからね」

「面白い？」

右京の隣にいた亘が訊き返す。

「警察はどう動くのか楽しみですよ。では」

にこりともせずに去っていく連城を見送りながら、今日の法廷について亘が所感を述べた。

「しかし、早見さんの奥さんの死の真相が裁判の争点になるとは、意外な展開ですね」

「ええ」右京が同意した。「気になりますねえ。本当に自殺だったのか、それとも殺人だったのか」

早見一彦が起こした裁判が予想外の展開になったことを受け、警視庁では幹部たちによる対策会議が開かれていた。

「言っておきますが、そもそも自殺と判断したのは、刑事部ですからね。うちはその判断をもとに監察をおこなったに過ぎませんよ」

警務部長の山内秀夫が立場を表明すると、刑事部長の内村完爾が異を唱えた。

「それを言うなら、警務部が不当な監察聴取をやったから訴えられたんでしょう」

大河内春樹が反論する。

「内村部長、私は不当な取り調べなどしておりません」

双方の主張が折り合わないのをなだめるように、副総監の衣笠藤治が割って入った。

「まあまあ。肝心の目撃証言を偽証した男の行方は？」

答えたのは刑事部参事官の中園照生だった。

「はっ。それが、坂出昌平は裁判の前から姿を消しているようでして……」

「解決策は簡単じゃないの。坂出を捕まえて、目撃証言は嘘だったと認めさせればいい。

でしょ？」

衣笠の出した方針を中園が「はっ」と受ける。

「懲戒免職は妥当だった。そのセンで闘う。可能な限り、捜査員を投入して、必ず坂出を見つけ出してください」

衣笠が警察幹部たちに檄《げき》を飛ばした。


会議室から最後に出てきた大河内を、右京と亘が待ち構えていた。

亘が歩み寄り、声をかける。

「俺たちにご協力できることありますか？」

大河内は亘に答えず、右京に向かって言った。

「杉下警部、この件には関わらないでいただきたい」

「それが、そういうわけにもいかなくなりましてね」

右京が思わせぶりに語ると、亘も繰り返した。

「ええ。いかなくなったんです、これが」

意味がわからないようすの首席監察官に、亘が事情を語った。

「甲斐さんからの依頼？」

背景を悟った大河内に、亘は言わずもがなの事実を伝えた。

「名目上ですが、一応、俺たちの上司です」

右京が疑問を口にした。

「甲斐さんが今回、なぜ我々に依頼してきたのか、気になるところではありますが、それはそれとして、それ以上に引っかかることがあります。早見幹子さんが殺されたという可能性……。大河内さんならば、処分を下す前に、念のため裏を取りそうなものですが。ただしこう考えれば、腑《ふ》に落ちます。調べようとしても、調べられなかった。つまり、どなたかから止められた」

大河内がわずかに目を瞠《みは》った。

「相変わらず、察しがいい」

亘がズバリと訊く。

「止められたのは、どのあたりからです？」

「警務部長からです。『自殺なのは間違いない。さっさと片付けろ』と」

「なるほど。いずれにせよ、再捜査をおこなうのならば、殺人のセンも追ってしかるべきだと思いますが……」

右京の提案を、亘が補足した。

「真偽は不明ですが、新証言も出てきましたからね。ただ、真相に近づけば、また上からの横槍《よこやり》が入るかも」

「ええ。それはある意味、いつものことですねえ」

右京は横槍などいっさい気にしていなかった。

「でも、あなたたちならお構いなしだと？　いいでしょう。ジョーカーは、こういうときに使うに限りますからね」

大河内が特命係をジョーカー呼ばわりしたのを受け、亘が自嘲的な軽口を叩く。

「ババ抜きだと、ただのババですが」

「まずは彼女の仕事関係から当たりましょうか」

大河内が右京に持ちかけた。しかし、右京には他の腹案があった。

「あっ、大河内さんも動くのなら、そちらはおひとりで。ジョーカーなら、ジョーカーらしい動き方がありますから」

「ありますね」亘も同意した。

二

早見一彦のもとを、幹子の父親の松下隆司《まつしたたかし》が訪れていた。

「警察を相手に裁判なんて、馬鹿げている」

そう断じる松下に、早見が詰め寄った。

「お義父《とう》さんは幹子が自殺だと信じているんですか？」

「それが真実だ。警察だってそう判断した」

「違う。殺されたんですよ」

早見は幹子の遺品の血のついた結婚指輪を握りしめた。

松下がため息を漏らす。

「警察官の職まで失って、今の君の姿を見たら、幹子はなんと言うだろう。いいか、君は幹子の死に取り憑《つ》かれている。裁判なんか起こしても、幹子は戻ってこないんだ」

結局ふたりの主張は平行線をたどるばかりだった。時間になり秘書とともに車に乗りこむ松下を早見が門前で見送っていると、右京と亘がやってきた。

「警視庁特命係の杉下です」「冠城です」

警察手帳を掲げて名乗るふたりに、早見がつっけんどんな口調で対応した。

「警視庁の人間がなにか？」

右京はそれには答えず、去っていく黒塗りの車を見やった。

「先ほどの方は、民自党の松下隆司代議士ですね？」

「幹子さんのお父さんだとか」

亘が探りを入れると、早見が吐き捨てるように言った。

「馬鹿な裁判をやめるべきだって、忠告しに来たんですよ。政治家としての我が身を案じてね」

「しかし、あなたにはその気はない。幹子さんのこと、あなたから直接お話をうかがえればと思いましてね」

右京が用件を切り出した。早見が呆れる。

「特命係……。噂には聞いていましたが、係争中の相手に接触してくるとは」

「バレたら、大問題になりますね。そこでぜひとも、ご内密にお話を聞ければと」

亘が笑いながら持ちかける。

「お願いできませんか？」

右京が重ねて頼んだとき、早見のスマホが鳴った。早見は「電話です。失礼」と断りを入れ、ふたりに背を向けて話し始めた。


早見は特命係の要求を受け入れ、ふたりを家に上げた。上げたはいいが、テーブルについてむっつり黙りこむ早見に、噛《か》んで含めるように右京が語りかける。

「あなたがなぜ裁判を起こしたのか、その理由を想像してみました。免職処分の取り消しも損害賠償の請求もすべて建前。狙いは幹子さんの死の真相を明らかにすること。そうではありませんか？」

それでも早見が口をつぐんだままなので、右京が続ける。

「我々は幹子さんの死が自殺だったのか、殺人だったのか、詳しく調べてみようと思っています。ただし、坂出昌平さんの証言はあなたの依頼による偽証ですね？　監察官に自白を強要されたと訴えるやり方も、感心しません」

諄々《じゅんじゅん》と諭されて、早見が嘆息した。

「一月十日、妻が何者かに脅迫されている可能性に気づきました……」

早見が気づいたのは、たまたま幹子の電話を聞いてしまったからだった。

――それは脅しですか？　脅迫しても無駄です。なんと言われても、見逃すことはできません。じゃあ。

電話を切った幹子を問い質《ただ》したが、幹子は仕事上のトラブルだと答えたのだった。

「……幹子はごまかしましたが、それから明らかにようすがおかしくなった。最後には、離婚を切り出されました」

「離婚ですか……」亘が相槌《あいづち》を打つ。

「家庭と仕事の両立は難しい。今のプロジェクトに全力を注ぎたい。だから、別れてくれと……。絶対になにかに巻きこまれてると感じました」

「そのなにかに心当たりは？」

亘の質問に、早見も質問で返した。

「幹子の仕事、データサイエンティストをご存じですか？」

博覧強記の右京にとっては、簡単な質問だった。

「今、最も注目されている職業ですねえ。ＡＩのビッグデータ技術を駆使し、ビジネスからスポーツ、天気予報、大統領選挙まで分析し、予測を立てる」

「はい。妻はある経営戦略プロジェクトに関わっていました。民間五社と提携して、その会社のあらゆるデータを読み解いて、収益を上げる方法を立案するんです」

右京が早見の言わんとすることを察した。

「なるほど。つまり、情報分析の過程で企業になにか不都合なことを知ってしまったと……」

「それこそが、妻の異変に大きく関わってるんじゃないかと睨んだんです」

早見は改めて幹子を質したときのことを思い出した。

――だから、誰にも脅されてなんかいないって。

幹子があくまでも言い張るので、早見はプロジェクトで幹子が分析したデータを見せるように求めた。しかし、幹子はきっぱりと拒絶したのだった。

――見せられるわけないじゃない！

叫ぶように放った幹子の声が、いまも早見の耳の奥でこだましていた。

特命係のふたりが早見の家を出ると、はかったようなタイミングでスマホの着信音が鳴った。亘が内ポケットからスマホを取り出して、出る。

「冠城です。幹子さんが分析したプロジェクトの元データがない？」

そのことばを耳にして、右京が亘を振り返った。

電話をかけてきたのは大河内だった。ふたりは〈帝都データサイエンス研究所〉に向かい、大河内と落ち合った。

大河内は一冊の報告書を手にしていた。表紙には「新規経営戦略プロジェクトにおけるビッグデータの活用実証試験結果」という文字が見え、「早見幹子」の名前がある。

「これが公式発表用のデータです。公式に発表されたデータ以外は、誰かに削除されたみたいです」

「残してたらマズイものだった、というわけですか」

亘の推測を大河内が認めた。

「そういうことでしょう」

「ますます知りたくなりますねえ」

右京が希望すると、大河内は「知る手があることはあるんですが」と謎めいた答えをよこし、傍らの研究員に、「お願いします」と頼んだ。

「はい。こちらです」

研究員が三人を保管庫へといざなった。保管庫にはスチール製の頑丈な棚が何列も並んでおり、膨大な数の段ボール箱が積まれていた。

研究員が説明する。

「データ保存する場合、必ず紙ベースでも残すこと。これが所長の方針なんです」

「プロジェクトの元データの資料がどこにあるか、見当は？」

亘が訊いたが、研究員は首を横に振った。

「いや。それが幹子さん、分析過程を誰にも見せないし、どこに保管していたのかもわからないんです」

三人は片っ端から段ボールを開け、中身を確認し始めた。

数時間後、ひと息ついた大河内がピルケースから白い錠剤を取り出し、ガリガリと音を立てて嚙み砕いた。これは大河内の癖だった。そばにいた亘が顔を上げる。

「あの……ずっと気になってたんですけど、それってまさかラムネとか？」

大河内は答えず、不愉快そうな顔になった。

「あっ、図星？　いや、ピルケースを開けたとき、かすかに甘い香りがしたんですよ」

嬉しそうに語る亘の特技を右京が思い出す。

「そういえば、君は鼻が利くんでしたねえ」

「泣く子も黙る鬼監察官の意外な一面ですね」

亘が茶化していると、次の資料を手に取った右京が声を上げた。

「あっ、これではないでしょうかねえ」

亘と大河内が近づき、その資料をのぞきこんだ。資料には図表が並んでおり、亘にはお手上げだった。

「さっぱりわかりません」

しかし、右京は熱心に分析図を見つめていた。

「なるほど、これはすごい」

「読み解けるんですか？」

驚く大河内に、右京が説明した。

「大手五社の顧客のクラスター分析を徹底的におこなっていますねえ」

「クラスター分析？」亘が質問する。

「年齢や性別など、人口統計学的な属性だけで分けるのではなく、来店する曜日や時間帯から、生活スタイルも考慮に入れています。それに、設備の稼働状況や不良品比率データから、売り上げロスを防ぐ法則も見つけ出していますよ」

大河内が理解した。

「プロジェクトは問題なく進んでいたということですか」

「ええ。ただちょっと妙なんですよ。この〈繁田《しげた》電産〉だけ、売り上げ予測に到達していないんですよ。それはなぜでしょう？」右京が疑問を呈し、さらにふたりを混乱させる。「はい、こちらへどうぞ。これは、幹子さんが亡くなったあとに、公式に出されたものです」

両方の資料の〈繁田電産〉の売り上げ達成度を見比べると、元データが四十八パーセント、公式発表データが八十一パーセントとなっていた。その理由は、公式に発表された売上金額のほうが低いからにほかならなかった。

「どういうことだ？　この会社だけ、公式に発表された数値が違う」

大河内の疑問を、亘が具体的に指摘した。

「本来予想してた数値よりも、低く発表してますね」

元データの売り上げ予測は九七四二億円であったが、公式に発表された金額は五七七三億円と記されていた。

右京が推理を語った。

「予測データを公にできなかったのかもしれませんねえ。〈繁田電産〉だけ、売り上げ予測を大きく下回るとなると、目立つでしょうからねえ。それに、本来あるべきはずの売り上げがないとなると、ある可能性に気づく人間も出てくるでしょうから」

「つまり？」亘が先を促す。

「つまり、売り上げと利益を少なく見せかける法人税法違反。脱税ですね」

亘があることを思い出した。

「ちょっと待ってください。〈繁田電産〉って、今年初めに、顧問税理士が何者かに襲われた事件、ありましたよね」

「ええ」右京ももちろん覚えていた。

三

翌朝、組織犯罪対策五課長の角田六郎がいつものように空のマグカップを持って、ふらっと特命係の小部屋に入ってきた。

「おい、暇か？　っつうか、あの鬼監察官の裁判、調べてるんだろ？　ありゃ、誰からも恨み買いそうだもんな」

「……だそうですよ」

亘が部屋の隅に向かって言うと、そこに座っていた大河内が立ち上がった。

「角田課長、なにかご用ですか？」

角田の顔色が瞬時に変わる。

「あっ、あの、えっと……モーニングコーヒーをいただきに……」

「あなたは常日頃から、頻繁に特命係に顔を出しているようですね。モーニングコーヒーだけではなく、もし捜査情報を漏らしているとなると、問題ですよ」

鬼監察官の追及を受け、角田がしどろもどろに答えた。

「いえ、私はなにも……無実です」

そんなやりとりなどどこ吹く風とばかりに、右京が大河内と亘を呼んだ。

「こちらへどうぞ」

右京からプリントアウトした資料を受け取った亘が、それを読み上げる。

「『二月二十日、〈繁田電産〉の顧問税理士の根岸隆雄《ねぎしたかお》さんが、自身の事務所があるビルの非常階段の踊り場から転落し、意識不明の重体で病院に搬送。何者かと争った形跡があり、事件と断定』いまだ未解決の事件ですね」

「幹子さんが電話で何者かに脅迫されていたのが、一月十日」右京が指摘する。「その十日後の事件ですねえ」

「で、三カ月後の四月一日、根岸隆雄さんは容態が急変して、亡くなってます」

亘が再び資料で確認すると、右京も再び指摘した。

「そして、その三日後の四月四日、幹子さんは、歩道橋から転落して亡くなった」

「こりゃ、ふたつの事件が絡んでることは明白ですね」

亘が結論づけると、後ろで話を聞いていた角田が野次馬根性を発揮した。

「なに？　なんかややこしいことになってきてるの？」

「すみません。情報を漏らすわけにはいかないもので」

亘がすげなく返すと、大河内が追い打ちで嫌みをぶつけた。

「モーニングコーヒーはもう、もらいましたよね？」

「あっ……はい」

角田がすごすごと引き揚げたところで、右京がさらなる疑念を口にした。

「もうひとつ、気になることがあります。この根岸隆雄さんは国税庁のＯＢです」

「元国税庁の人間が脱税ですか……。国税庁ＯＢが顧問税理士を務める企業って、税務調査に入られにくいんですよね」

亘のことばに、右京が同意を示す。

「以前、国会で大問題になりましたねえ」

「彼については、私が調べてみましょう」

大河内が特命係のジョーカーたちに宣言した。

捜査一課では、刑事の綿貫肇《わたぬきはじめ》が伊丹や芹沢たちに報告していた。

「坂出昌平の交友関係を片っ端から当たりましたが、まったく行方がつかめないんですよ」

伊丹が渋い顔になり、言った。

「こりゃ、完全に早見がどこかにかくまってるな」

「山下香苗とかいう主婦の証言のほうはどうなんですか？」

綿貫が訊くと、芹沢が答えようとする。

「ああ、それがその証言……」

「待った！」伊丹が途中で遮り、「なんかこう……邪悪な気配を感じる」と、きょろきょろ辺りを見回した。

「あぁっ！」伊丹がいつの間にか空いている席に座っている亘を見つけた。「こんなところでなにやってるんだ、冠城！」

「気になさらずに、お話の続きをどうぞ」

亘は受け流そうとしたが、それが通るはずもなかった。芹沢が正論を述べる。

「いやいや、気になるから」

伊丹が疑いの目を亘に向ける。

「まさかお前、今度の裁判の件、嗅ぎ回ってるんじゃねえだろうな？」

ここで亘が切り札を出す。

「それが今回、上司の甲斐さんからの命令があって……」

「それで盗み聞き？」

芹沢に責められ、亘が提案した。

「そんなせこいまねしませんよ。実はこっちも結構なネタつかんだんで、お互い知り得たことを共有できないかと」

「本当だろうな？」

なおも疑う伊丹に、亘が「もちろん」と胸を張る。芹沢が先ほど言いかけた話を再開した。

「主婦の証言、本当だったんだ。早見幹子が男性と言い争い、『わたしを殺すつもり⁉』と叫んでいたのを聞いていた人が、他にもいたんだ」

「その男性はいったい誰なんでしょうねえ？　気になりますねえ」

そう言ったのは、しれっと座っていた右京だった。

「警部殿……」伊丹が悔しがる。「気配を感じなかった……」

「いずれにしても、幹子さんの死に深く関わっている人物であることには間違いないでしょう。おや、冠城くん、時間ですよ。行きましょう」

右京が立ち上がり、部屋から出ていく。

「はい」

それに続こうとする亘を伊丹が呼び止めた。

「ちょっと待った！　そっちがつかんだネタは？」

「実は坂出の居場所に心当たりがあるんです。空振りかもしれませんが、今日の午後二時頃、新宿の〈キリマンジャロ〉って喫茶店に、彼がいなかったか調べてみてください。俺たちが早見さんを訪ねたとき、ちょうど誰かから電話がかかってきて、一瞬慌てた反応を見せたんです。あの電話、坂出だったから、慌てたのかも」

亘はあのときの早見の電話に聞き耳を立てていたのだ。早見はこう言っていた。

——わかった。じゃあ明日、午後二時に新宿の〈キリマンジャロ〉で。

「もし防犯カメラが坂出を捉えていたら、そこからたどっていけますよね」

亘が提案すると、右京がドア口まで戻ってきた。

「調べてみる価値はあると思いますよ。はい、行きましょう」

ふたりは今度こそ連れ立って去っていった。


ふたりが向かったのは、根岸隆雄の転落現場となったオフィスビルだった。かなり古いビルで、建物の外に設けられた非常階段にはところどころ錆《さび》が浮いていた。

亘がタブレット端末の画面に表示した文章を読みながら、事件を振り返る。

「顧問税理士の根岸隆雄さんが、この階段の踊り場から突き落とされたのは、午後十時頃」

「ところで君、その情報は？」

「当時捜査に当たった墨田署の捜査資料です。青木にデータで送らせたんです。まあ、このほうが手っ取り早いので」

「まったく、君という人は……」

右京が呆れていたちょうどその頃、サイバーセキュリティ対策本部の特別捜査官、青木年男は副総監室にいた。青木は常々副総監の衣笠から目をかけられていた。その期待に応えるように、青木が右京と亘の行動を衣笠に告げ口した。

「例の裁判の件、特命が嗅ぎ回っていますよ。早見幹子さん、本当は殺されたんじゃないかって」

衣笠は不敵な笑みを浮かべ、「勝手なことを……」とつぶやいた。

「あっ、いや、それが今回は、命令を受けたとかで、やたらと態度がでかいんですよ」

青木の報告は意外だった。

「誰が特命に？」

「甲斐さんが調べてくれと言ったみたいです」

甲斐峯秋に特命係の指揮統括をしてほしいと頼んだのは衣笠だった。想像どおり仕掛けてきたな、そう思い、衣笠は表情を強張《こわば》らせた。

「副総監？」

青木の声で、衣笠は我に返った。

「ああ……今回の件には私も少しばかり絡んでいてね。それを見抜いた上で、甲斐峯秋は仕掛けてきたんだ。これではっきりした。いつまでもくすぶっているつもりなど、さらさらないんだよ、あの男は」

衣笠の提案を引き受けたときに甲斐峯秋が言ったことばが唐突に蘇ってきた。

――しかし、君を後悔させるようなことにならなければいいんだが……。

あのときの光景を思い出しながら、手強い敵へ、どう対応するか、衣笠は考えを巡らせた。


右京と亘は非常階段をのぼっていた。

「この現場には根岸隆雄以外の女性と男性のゲソ痕があったみたいです。そして、一一九番は、公衆電話から男性の声でかけられています。右京さんの頭の中じゃ、真相が見えてるんでしょ？」

亘から水を向けられ、右京は「ある可能性ですがね」と答えた。

「僕の頭の中にも、それなりには」

「おや、そうですか。では、お聞きしましょう」

右京は亘の考えというものに興味を抱いた。亘が話し始めた。

「一月十日、幹子さんは電話で何者かによって脅迫された。脅したのは根岸でしょう」

「ええ」右京がうなずいた。「国税庁ＯＢが脱税を指示した、となれば、大スキャンダルですからねえ」

「一月二十日、根岸は何者かによってここから突き落とされた。ここにあった女性のゲソ痕は幹子さんのものでしょう」

「その可能性が高いでしょうねえ」

右京に認められ、亘が自信を持つ。

「告発しようとしていた幹子さんと、根岸は揉《も》み合いになった。そして、抵抗した幹子さんが根岸を突き落とした」

「辻褄《つじつま》は合っていますねえ。では、現場にあった、もうひとりの男性のゲソ痕は誰のものでしょう?」

「そこなんですよね……」

右京がヒントを出す。

「幹子さんは亡くなる直前、男性と言い争っていました」

「そこにも出てきますね、謎の男。見当がついてるなら、教えてください」

右京はさらにヒントを与えた。

「実は幹子さんの身の回りにひとり、気になる人物がいるんですよ」

これでようやく亘にも見当がついた。

「彼女の父親、松下隆司代議士」

「君、最近察しがいいですねえ」

超人的な上司に褒められ、亘は素直に嬉しかった。

「ありがとうございます」

　翌朝も大河内は特命係の小部屋を訪れていた。

「調べてみてわかりましたよ。根岸隆雄は国税庁時代、松下代議士とは先輩後輩として
ずいぶんと親しかったようです」

「なるほど。松下隆司は政治家に転身する前、元々は国税庁税務局長だった……」

　亘が代議士の経歴に触れると、右京が持ち前の推理力を発揮した。

「だとするならば、幹子さんが〈繁田電産〉の脱税疑惑を告発しようとしていたことを、
松下代議士は知っていた可能性が高いですねえ」

「親しくしていた先輩の娘が、自分を告発してきた。根岸は松下代議士に頼った」

　亘が右京の考えを読み、大河内がそれを補足する。

「そして脱税疑惑はまったく明るみに出ることなく、隠蔽《いんぺい》されてきた」

「幹子さん自ら口をつぐんだのか、それとも口を封じられたのか……」亘が考えながら
口にする。「いずれにせよ、幹子さんの死には父親が絡んでいる」

「そう考えると、もうひとつの謎が解けるんですよ。当時、大河内監察官が殺人のセン
を調べようとして、上から止められた件ですよ」

　右京の指摘で、亘は思い出したことがあった。

「そうか、松下代議士はたしか、国家公安委員長でしたね」

大河内も右京の考えを悟った。

「つまり、松下代議士からしかるべき警察上層部に圧力がかかった……」

「そういうことです」

右京と亘はサイバーセキュリティ対策本部へ足を運び、青木に頼みごとをした。

「有明中央公園付近の通りを調べるんですか？」

青木は気が進まないようだったが、渋々パソコンに向かった。亘が具体的な指示をする。

「幹子さんが死の直前、男と言い争っていた公園には防犯カメラはなかった。でも、周囲の通りにはあるはずだろ？」

「いくら今回、命令を受けているといっても、勝手やりすぎると、また叩かれますよ」

防犯カメラの映像を検索しながら青木が忠告しても、亘は気にも留めなかった。

「まあ、叩かれるのは慣れっこなんでね」

「でも、その通りを調べても、その人物を特定できます？」

青木が疑問を投げかけたが、右京には勝算があった。

「黒塗りの車を中心に探していただけますか？」

「黒塗りの車、ですか」

「移動には必ず車を使うはずの人ですから」

右京が断言したとき、亘のスマホに着信があった。

「失礼。伊丹さんからです」と断り、亘が電話に出る。「はい、冠城です」

――やるじゃねえかよ、冠城巡査。睨んだとおりだ。坂出の潜伏先を見つけた。

「それはなによりです。で、坂出の証言については？」

――早見には世話になった。恩を返すために、偽証したんだとよ。

「偽証でしたか……」

――お前、そういうことは早く教えろよ、この野郎！

亘は毒づく伊丹を無視して電話を切ると、右京に報告する。

「ヒットでした。坂出の身柄を押さえました」

右京が青木のパソコンを指差す。黒塗りの車から男が降り立つ場面が、防犯カメラにとらえられていた。

「こちらもヒットです。幹子さんが歩道橋から転落する直前に言い争っていた人物は、父親に間違いありません。青木さん、どうもありがとう」

「いえいえ、いつでもどうぞ」

気のない返事をする青木のことは気にせず、右京が亘に予言した。

「これは残酷な結末を迎えることになるかもしれませんよ」

四

翌日、東京地方裁判所では、早見が警視庁を訴えた裁判の第二幕が開こうとしていた。原告席に控える早見と連城に、証言台に着いた大河内が、ゆっくり目を合わせた。

同じ頃、特命係のふたりは松下隆司の自宅を訪ねていた。和装で客間に入ってきた松下は、右京と亘を立たせたまま、不機嫌そうな顔で椅子に腰を下ろした。

「いくら警察とはいえ、約束もなしに押しかけるのは、礼に欠けるんじゃないのかな?」

「それについては、お詫びいたします」右京がわずかに腰を折る。「ただ、どうしてもお伝えしたいことがありまして」

「幹子さんがなぜ亡くなったのか、その真相です」

宣言した亘に、松下が険しい目を向ける。

「聞かせてもらおう」

右京が説明を始めた。

「事件の発端は、幹子さんが経営戦略プロジェクトに関わる中で、〈繁田電産〉の脱税の可能性に気づいたことでした。幹子さんは、〈繁田電産〉の顧問税理士である根岸隆雄さんに、直接脱税疑惑を突きつけました。根岸さんから相談されたあなたは、幹子さんの告発を止めたのではありませんか？」

法廷では、大河内が右京と同じ話をしていた。

「しかし、彼女の夫は捜査二課の刑事。不正を見逃すことなどできない。幹子さんは国税庁ＯＢによる脱税疑惑を告発するつもりだった。夫の早見氏にも話すつもりだったはずです。しかし、彼女は思わぬ事件に巻きこまれた……」

松下邸では、亘が疑問を投げかけていた。

「一月二十日、幹子さんと根岸の間になにがあったのか」

右京がその日の状況を推し量る。

「根岸さんの事件現場には、根岸さんの他に男性と女性のゲソ痕がありました。女性のゲソ痕は幹子さんのもの。そして男性のそれはあなたのものと推察されます」

「そして、公衆電話から男性の声で一一九番の通報があった。だが、それはあなたの声ではない」

亘の指摘を受け、右京が核心に迫る発言をした。

「秘書の方が事件の真相を知っているのではないかと思い、今朝お話をうかがいました」

松下の秘書、鈴木《すずき》和義《かずよし》はその日の朝、警視庁の取調室で伊丹と芹沢から事情聴取を受けていた。

「電話するように、松下代議士に頼まれたんだろう？」

伊丹はそう言うと、一一九番通報の録音記録を再生した。

――救急車を。墨田区墨東《ぼくとう》東三丁目十五のビルの非常階段で、男の人が頭を打って倒れています。

まぎれもない鈴木の声に、芹沢が忠告した。

「この際、本当のことを話したほうがあなたの身のためですよ」

鈴木は覚悟を決め、目撃したことを話した。

根岸隆雄の事務所が入っているオフィスビルを松下とともに訪れたとき、非常階段の踊り場で根岸と幹子が言い争いをしていた。

――事実が公になれば、大変なことになるんだ。

そう訴える根岸に、幹子は告げた。

――とにかく、夫にすべて話しますから。

――待ってくれ。そうなったら、困るのはそっちなんだ！

そう言ってすがりつく根岸を、幹子が振り払おうとした。次の瞬間、バランスを崩した根岸は非常階段から落下した。

松下邸では、鈴木の証言を亘が再現していた。

「根岸から幹子さんと会うと連絡があり、あなたは不安になって、現場に駆けつけた。そして、事件を目撃したんですね。当然、幹子さんは警察に出頭すると言ったはずです」

相棒の推測を受け、右京が代議士を攻める。

「事情を話せば正当防衛が認められる可能性が高い。しかし、それをあなたが止めた。なぜ、あなたは幹子さんが出頭するのを止めたのか。〈繁田電産〉が脱税した金の流れを捜査二課が調べました」

「馬鹿な！」

松下が大声で叫んで立ち上がる。

「よもや警察がそこに触れるはずはないと？」と右京。

「残念ながら、あなたの神通力もここまでです」と亘。

右京が冷たい口調で淡々と松下の悪事を暴いていく。

「調べた結果、脱税した金の一部があなたの政治資金として流れているようですねえ。あなたは幹子さんにそのことを打ち明けるしかなかった。もし、幹子さんが警察に出頭すれば、問題の大本はあなただと明らかになってしまいますからね」

進退窮《きわ》まった松下の脳裏に、この家で幹子と言い争ったときの場面がフラッシュバックした。

——脱税行為は、お父さんが指示したことなの？

化け物を見るような目を自分に向ける娘を、松下は懸命に説得しようとした。

「警察には出頭するな。大丈夫だ。お前が根岸を突き落としたなんて、誰も疑わん」

しかし、幹子は聞く耳を持たなかった。

——そういう問題じゃない！　私の夫は警察官なのよ。

松下は生まれて初めて、娘の前で土下座した。

法廷では、引き続き大河内が事件の真相を語っていた。

「結局、幹子さんは、父親を告発することができなかった。離婚を切り出したのは、早見氏を巻きこみたくなかったからでしょう……」

信じられないような真相を知って混乱する早見の頭に、幹子が離婚を切り出したときのようすが浮かび上がった。

——今のプロジェクトに全力を注ぎたいの。だから……。

幹子のことばは嘘だとすぐにわかった。だから早見は幹子を問い詰めたのだった。

「おい、なにがあったんだ？　前に誰かに脅迫されてただろ？　なにか厄介なことに巻きこまれてるんじゃないのか？」と。

——そんなこと、あるわけないじゃない！

突っぱねる幹子に早見は告げた。「だったら、俺が調べてみるよ」

大河内の話は続いていた。

「……幹子さんは、早見氏に知られたくない一心で、不正の片棒を担いだ。プロジェクトの分析データを削除し、公式発表された数字を書き換えたのは、他ならぬ彼女自身です。さらに、彼女を苦しめたのは、意識不明だった根岸隆雄さんが亡くなったことです。すべてを黙っていることに耐えられなくなった……」

自分が妻を追いこんでしまったことを知り、早見はただただ呆然と大河内の話を聞いていた。

松下邸では、特命係のふたりと松下の対峙《たいじ》が続いていた。

黒塗りの車から降りる瞬間をとらえた防犯カメラの映像を切り取った証拠写真を、亘が松下に見せる。凍りついた松下に右京が告げた。

「そして、幹子さんはあなたに会った直後に、自ら命を絶った」

松下は後悔していた。公園で会ったとき、「絶対に許さん。告発など認めんぞ」と強弁する松下に、幹子はこう叫んだ。

――わたしを殺すつもり⁉

まさか本当に死ぬなんて思わなかった。口をつぐんでくれればそれでよかった。だからこう言ったのだ。

「真実が明らかになれば、早見くんは犯罪者の妻を持つことになるんだ。お前に手錠をかけることになるんだ。いいのか？　それでも」

右京は松下と幹子の心情を正確に読んでいた。

「幹子さんは、口をつぐむしかなかった。それはあなたから、早見さんのことを持ち出されたからでしょうねえ」

「もしかしてあなたは、幹子さんが自殺するかもしれないとわかっていて……」

亘のひと言に、松下がいきりたつ。

「邪推に過ぎん！　私は政治家だ。守るべき大義がある！」

右京が松下の前に立ち、引導を渡した。

「自己保身と大義をすり替えないでもらいたい。人の命を、まして我が子を犠牲にしてまで守るべき大義など、この世にはありませんよ！」

法廷では、大河内が話をしめくくるところだった。

「当初の監察結果どおり、殺人を示唆する目撃証言は偽証でした。早見幹子さんの死は、自殺に間違いありません」

残酷すぎる結果を聞かされ、早見が立ち上がった。そして連城の制止を振り切って、大河内に詰め寄る。

裁判長の「席に戻ってください」という声も早見には届いていないようだった。

大河内が毅然《きぜん》と早見に向き合った。

「最後に、今回の再捜査の過程で、亡くなる直前の幹子さんのようすを目撃した人が見つかりました。歩道橋の上で、幹子さんはあなたと一緒に写った写真を眺めていたそうです。幹子さんは死の直前まで、あなたのことを思っていた……そう思います」

それを聞いた早見の感情の堰《せき》が決壊した。静かな法廷に早見の嗚咽《おえつ》が響いた。

松下の逮捕を駆けつけた捜査一課の刑事たちに任せ、亘が右京に言った。

「おっしゃったとおり、残酷な結末でしたね」

「それでもよかったと思いますよ」右京が見解を示した。「どれほど残酷な結末であろうと、真実を知らない限り、早見さんは前に進めなかったでしょうからね」

法廷から立ち去ろうとする大河内を拍手で迎える者がいた。早見の代理人の連城建彦だった。

「お見事。警察はよくやってくれましたよ。早見さんの望みは、幹子さんの死の真相を知ることでしたからね。動いたんですね、杉下さんが」

「ええ、ジョーカーとして」

大河内が答えると、連城は「さすがだなあ」と感心しながら去っていった。

数日後、警視庁の廊下を副総監の衣笠が幹部たちと談笑しながら歩いていた。その進路を塞ぐように右京と亘が待ち構えていた。虚をつかれて立ち止まる衣笠に、右京が申し出た。

「副総監、ひとつよろしいでしょうか？」

「なんだね？」

「早見幹子さんが亡くなった当時、松下代議士から警察上層部に依頼があったそうですねえ。幹子さんの死について、深く調べないようにと」

右京のことばを受けて、亘が尋ねた。

「松下代議士が言ってた大義のため、ですか？」

衣笠は一瞬ふたりを睨みつけたが、とぼけて笑った。

「なんのことかね？　仮にも警察組織が一政治家に便宜を図るなど、あり得ない。そして、そんな証拠はどこにもない。君たちの上司、甲斐さんにもそう伝えておいてくれ」

最後は有無を言わせない口調で言い放つと、衣笠は幹部を引き連れてすたすたと歩み去っていった。


特命係の小部屋を大河内が訪れていた。

「今回の件で、特命係はますます立場が悪くなるでしょう」

大河内のことばを亘は軽く受け流す。

「いや、これ以上悪くなりようがありませんが……」

「いずれにせよ、ご協力、感謝いたします」

礼を述べる首席監察官に、亘が話しかける。

「ラムネの件の他に、ちょっと気になってたことがあるんです」

「なんでしょう？」

「大河内さんは裁判に出廷する義務はないのに、自ら矢面に立った。それどころか、真相解明のため自ら捜査にも当たった。それはなぜか？　早見さんは愛した人がなぜ亡くなったのか、なんとしてでも知りたかった。その切実な気持ちが大河内さんには痛いほどよくわかった。もしかして、早見さんに共感するような過去がおありとか？」

大河内は忌々《いまいま》しげな表情を作り、ポケットからピルケースを取り出した。

「あっ、図星？」

「そんな過去などない！」

はしゃぐ亘を無視して大河内はラムネをガリガリと噛むと、逃げるように帰っていった。

「あの反応、絶対、図星ですよね？」

亘が訊くと、右京が感心した口ぶりで応じた。

「動物的直感と言うべきか、君はときとして、思いも寄らぬ真実を探り当てますねえ」

「右京さん、知ってるんですよね？　大河内さんがかつて愛した人が、どんな人か」

「それぐらいにしておきましょう。誰しも、人には触れられたくない秘密があるものですよ」

右京が相棒を諭した。

第六話
「倫敦からの客人」

一

冠城亘は帰りじたくを始めていた。

「今日も一日、なにもなかったですね」

椅子に座って読書をしていた上司の杉下右京は、「無事平穏、それが一番ですよ」と応じた。

「たしかに。お疲れさまでした」

「はい、お疲れさま」

右京が亘に挨拶を返したとき、デスクに置いていたスマホが鳴った。亘が足を止める。

「杉下です」

右京が電話に出た。相手は行きつけの小料理屋〈花の里〉の女将《おかみ》、月本幸子だった。

——あっ、幸子です。今日って、お店いらっしゃいますか？

「おや、珍しい。お誘いですか？」

——あっ、いいえ、実は杉下さんにお会いしたいっていう方がお店にいらしてるんですけど……。

「僕にですか？」

結局、聞き耳を立てていた亘も一緒に〈花の里〉に寄ることになった。

右京は〈花の里〉のカウンターで懐かしい人物と再会を果たした。

「しかし、驚きました。いつ日本に？」

「三日前です」その人物が答える。「この夏、仕事をリタイアしましてね。念願の日本旅行というわけです。日本に来た以上、君に会わないわけにはいきませんからね」

「こちらは？」亘が尋ねた。

「元スコットランドヤード警部の南井十《みないいつなし》さんです。その昔、ロンドン研修時代にお世話になりました」

「スコットランドヤードって、イギリスの方なんですか？　日本語、お上手ですね」

亘が驚くのも無理はない。多少イントネーションに癖があるとはいえ、南井の日本語は流暢《りゅうちょう》だったし、年齢のわりに真紅のネクタイが派手ではあっても、なにより風貌が見るからに日本人だった。

「親が大戦直後に渡英しましてね。向こうで生まれて、イギリス国籍です。右京とはしばらく一緒に仕事していました」

「かつての相棒でいらっしゃるんですよね」

先に話を聞いていたらしい幸子が目くばせする。

「どうも冠城です。右京さんの今の……」

「相棒」と言おうとしたところで、南井が遮った。

「自己紹介は不要です。女性は袖口、男性はズボンの膝を見ればわかりますから」そう前置きして、南井は亘のズボンの膝に視線を注いだ。「冠城さんはそうですね……警視庁に来てからまだ日が浅い。元官僚……例えば、法務省というところでしょうか？」

「えっ？」亘が度肝を抜かれた。「どうして膝だけでわかるんですか？」

一瞬、間があって、幸子が笑みをこぼした。

「すみません。わたしがお話ししちゃいました」

亘はのけぞりそうになり、「右京さんの相棒っていうから、信じちゃいましたよ」

「相変わらずですねえ」右京が微笑《ほほえ》む。「彼にはいつのまにか、人に心を開かせるところがありましてね。犯罪者でさえも彼を信用して自供を始めるとまで言われていました」

「右京こそ、三年前の事件ではさすがのお手並みでした」

亘が三年前ということばに反応した。

「たしか右京さんが停職中だった頃ですね？」

「ロンドンで殺人事件がありましてね。迷宮入りしかけたんですが、右京のおかげで真犯人が判明したんです」

どうやら右京は海外でも事件に首を突っこんでいるらしい。そのようすが目に浮かび、亘は愉快な気持ちになった。

「残念ながら、逮捕の直前、被疑者自殺という形で終わってしまったのですが」

悔しそうに振り返る右京に、南井が独自の犯罪哲学を語った。

「僕も長く警察に勤めましたが、結局、犯罪をなくすことはできませんでした。光で照らせば、必ず影ができる。むしろ光を強めれば強めるほど、皮肉にも影は濃くなっていきます。正義と悪とはそういう関係なんですよ」

翌日、都内の南玉川《みなみたまがわ》公園の遊歩道脇で中年男性の死体が見つかった。

腰をかがめて遺体に向き合う捜査一課の伊丹憲一に、後輩の芹沢慶二が初動調査でわかったことを報告した。

「亡くなったのは西田《にしだ》泰史《やすし》さん、四十五歳。派遣会社に登録していて、主に警備員の仕事をしてたみたいですね。これ、所持品です」芹沢は黒いスマートフォンと財布を伊丹に渡して、説明を続けた。「死亡推定時刻は昨夜の十時から十二時の間。後頭部を鈍器で殴られています。出血があまりないんで、死因はおそらく外傷性の脳出血だろうと」

伊丹が立ち上がる。

「ああ。明らかに殺人事件だな」

鑑識課の益子桑栄が所轄署の刑事、土村晋之《つちむらしんじ》とともにやってきた。

「おい。池のそばに落ちてた」益子が赤いスマートフォンを伊丹と芹沢に見せた。「バッテリーの残量から見て、落として間もないな。通信会社とは契約されてなかった。戻ったら、個体識別番号を照合してみる」

芹沢が、伊丹が持っている西田の遺留品のスマホを顎で示す。

「被害者《ガイシャ》の持ち物じゃなさそうっすね」

所轄の土村が意見を述べる。

「もしかしたら、犯人のものということも……」

益子が見つかったスマホを掲げた。

「でな、中から妙なものが出てきた」

益子は所轄署に置かれた捜査本部で、捜査員たちに赤いスマホの中の「妙なもの」を披露した。それはわずか数秒の長さの動画で、男が揉《も》み合うようすが映っていた。

「痛《いて》えだろう、離せ！」

「殺すぞ、この野郎！」

など穏やかならざる音声とともに、一瞬だけ男の顔が確認できた。

益子がその映像をスクリーンに投影して、捜査員たちに見せる。

「ゆっくり戻して……。わずか数コマですが、この部分に揉み合ってる人物の顔が映ってました」

捜査本部の指揮は参事官の中園照生が執っていた。

「携帯の持ち主はわからないのか？」

益子が答える。

「識別番号から割り出そうとしましたが、中古品として転売されていて、現在の持ち主までは特定することができませんでした」

「揉み合っている相手が西田さんだとすれば、この男が犯人だ。至急、身元を特定しろ！」

中園が号令をかけた。

特命係の小部屋では、サイバーセキュリティ対策本部の青木年男が、タブレット端末でその動画を右京と亘に見せていた。

「被害者の関係者には、該当する人物はいないのか？」

亘の質問に、青木は「そのあたりは今、一課が遺族のとこへ聞きに行ってます」と答えた。

右京が紅茶を飲みながら訊《き》く。

「で、君はわざわざそれを見せにきたのですか?」

「そんなわけないでしょう。実は見つかったスマホには、これとは別にあと二枚、画像が入ってましてね」

青木がタブレットにその画像を表示した。

「時計?」

亘が言うように、デジタル腕時計と女性物の腕時計の写真だった。

「どういうことなのか、わかります?」

青木が右京に挑戦するように訊いたが、さすがの右京も答えようがなかった。

「さあ、なんでしょう? これだけではなんとも」

「そうですか。杉下さんでもわからないことがありますよね」青木が鬼の首を取ったように喜ぶ。「実はこのスマホ、ダークウェブにアクセスしてた形跡がありまして」

「ダークウェブ?」

聞き慣れないことばに、亘が首を傾《かし》げた。

二

伊丹と芹沢の捜一コンビは殺された西田泰史のアパートを訪れていた。家にいて応対したのは泰史の息子の真人《まさと》だけだった。母親はすでに亡くなり、父子《おやこ》ふたりで暮らしていたという。そのせいか、部屋は散らかり、雑然としていた。

「この人なんだけど」

芹沢がスマホで犯人と思われる男の写真を見せた。

真人がかぶりを振る。

「知らない人です」

「ってことは、このスマホにも見覚えはありませんかね？」

芹沢が次に見せた写真には、池のそばで見つかった赤いスマホが写っていた。

「さあ……すみません。父の人間関係とか、全然知らないんです。お互い、生活の時間帯も違ってて、話もあんまりできなくて」

「お父さん、夜勤が多かったそうですけど」

伊丹が水を向けると、真人が「ええ。昨日もそうでした」と答えた。

芹沢が身を乗り出す。

「ほお、でも昨日は出勤日じゃなかったみたいなんだよね」

特命係の小部屋では、青木がパソコンで氷山の絵を示しながら亘に説明していた。

「ふだん、我々が見ているインターネットは、この海上に出ている表層部分に過ぎません。『サーフェスウェブ』と呼ばれています」青木の指が氷山の見えている部分から、海中の部分へ動く。「この部分が『ディープウェブ』と呼ばれ、技術的なものなどで使われているため、検索エンジンなどでは出てこず、暗号化されてたりして、アクセスしにくくなっています」青木がさらに指を氷山の一番下へ動かした。「で、この部分が『ダークウェブ』。通常では、見ることができず、それ専用のツールを使ってしか、アクセスできません」

「なんで、そんなとこにわざわざアクセスするんだ？」

亘がもっともな質問を放つ。

青木は「実物を見たほうが早いでしょう」と画面をクリックして別のサイトを開いた。

青木が「麻薬」と入れて検索すると、値段つきの麻薬の画像がずらりと現れた。

「えっ？　これ、全部麻薬？」

「これだけではありません」

青木は続いて「拳銃」と打ちこんだ。やはり拳銃の画像が値段つきで現れた。

「これ、全部買えるの？」

「そういうことです」青木が自慢げに答える。

「なんでお前ら、こんなの放っておくんだよ」

「もちろん、捜査はしてますよ。だけど、サイト自体が海外のものだから治外法権。出品しているのが日本人だとしても、ダークウェブでは、オニオンルーティングという技術が使われているんです」

「オニオン？」

ここで右京が会話に加わった。

「オニオン。すなわち、玉ねぎのように皮を剥《む》いても剥いても次の皮が現れ、身元を割り出すことができないことからのネーミングですねえ。元は米海軍が出資して開発した秘匿通信技術のひとつと言われていますね」

青木が咳払いをして、話の主導権を取り戻す。

「その結果、こんなふうに犯罪の温床になってしまっているというわけです」

このとき亘がパソコンのウェブカメラにテープが貼られているのに気づいた。

「なんでカメラを塞いであるんだ？」

「いいところに気がつきましたね」と青木。「もちろんマイクも塞いであります。アクセスしている間にパソコンが乗っ取られて、個人情報はもとより、カメラやマイクが乗っ取られることもあるもんで」

「嘘だろ？」亘には信じられなかった。

「いいえ。以前、自宅からアクセスしてたら……」

青木が体験談を語った。

ダークウェブにアクセスしたとたん、仮面をかぶったような不気味な人物のＣＧ画像が画面に浮かび、合成音声で「青木年男、全部見えてるぞ」と呼びかけてきた。青木はすぐにブラウザを閉じようとしたが、どうしても閉じることができず、仕方なくコンセントからパソコンのプラグを引っこ抜いたのだった。

「……そのあと、自宅に『二度と来るな』って、手紙が届いたんですよ。もちろん、住所なんか明かしてませんよ。気持ちが悪いので、引っ越しました」

「まるでホラー映画だな。今は大丈夫なのか？」

亘が目の前のパソコンを案じた。

「このパソコンは調査用に用意したもので、万一の場合も、身元が割れないように、回線も違うものを使ってますから」

右京がその先を問う。

「ご丁寧な説明をどうも。で、そろそろ本題に入ってもらえませんかね？」

「あっ、はい」

青木がパソコンに「殺人動画」と入力した。動画のサムネイルがずらりと並んだ。亘が絶句する。

「死体？　殺人動画ってまさか……」

「問題はこの中のふたつです」

青木が画面をスクロールすると、赤いスマホに入っていたのと同じ腕時計二点の写真が現れた。

「あっ、これ、スマホに入ってた写真」

「なるほど、そういうことですか」

右京はすでに事情を察していたが、まだ状況をつかめていない亘のために、青木がデジタル腕時計のサムネイルをクリックした。

「見ててください」

動画の再生が始まった。カメラは腕時計から横に振られ、工場のようながらんとした空間をとらえた。その奥に血を流した人物が倒れている。

「人形とか、CGじゃないの？」

亘は疑ったが、右京は否定した。

「いや、本当の遺体のようですねえ」

「悪ふざけで犯罪動画を公開する案件は増えてますけど、まさか殺人まで……」

青木は亘には耳を貸さず、女性物の腕時計のサムネイルをクリックした。

「こちらは若い女性でした」

今度は工場の中で赤いワンピースを着た女性がうつぶせで倒れている映像が再生された。

青木が見解を述べる。

「今、このふたつの動画をアップロードした人物を特定しようとしていますが、多分難しいと思いますね」

「まさか、このスマホの持ち主が……」

「ええ。今回の事件も含めた一連の連続殺人事件の犯人と、捜査本部は見ています」

右京が青木に依頼した。

「先ほどの男性の動画のほうを、もう一度お願いできますか?」

青木がもう一度動画を再生する。男のアップになる前で、右京が「そこです」と止めた。

「どうしました?」

わけがわからないようすの亘に、右京が工場の床に散らばっている青いらせん状の物体を指差した。

「これ、キリコですねえ。旋盤で切削作業をする際に出る鋼の削りカスです」

「鋼の色には見えませんけど」

亘が疑問を口にすると、右京が蘊蓄《うんちく》を披露した。

「キリコの色は旋盤の摩擦熱の温度によって、赤から青まで変わります。薄い青色は六百度。旋盤の回転速度が最も速い場合です。該当する設備のある工場を当たってもらえますか?」

「全国だと相当な数になりますよ！」

突然振られた青木が悲鳴を上げる。

「東京の大田区を中心に……あっ失礼」右京が青木からマウスを奪い、動画を少し戻した。一瞬冊子が映ったところで画像を止める。「ここに大田区の広報紙が映ってます。冠城くん」

「はい」

唖然《あぜん》として画像を凝視する青木を尻目に、ふたりは特命係の小部屋から飛び出していった。


数時間後、右京と亘は大田区のとある廃工場の中にいた。

亘が白い手袋をはめて青いキリコを拾い上げる。

「あの動画、やっぱりここで撮ったみたいですね」

右京は棚に並べられた腕時計に目を留めた。腕時計は三本並んでいた。

「例の画像に映っていた時計ですねえ。三本あります。この時計は画像にありませんでしたね」

そう言いながら、白手袋をはめて機械式の時計を手に取る。

「ひょっとして、今回の被害者のじゃ……」

亘の推理を肯定も否定もせず、右京は工場の中を見渡した。

「あのロッカーは、映像にはありませんでしたね」

「ええ」

亘が床に倒れたスチール製のロッカーに近寄り、思い切り扉を引っ張った。


数時間後、所轄署の捜査本部では、廃工場のロッカーから出てきた遺体についての情報が捜査員の間で共有されていた。

芹沢がメモを読み上げる。

「ホトケは二体でした。一体は、持っていた生活保護受給者証より、矢沢正《やざわただし》さん。ホームレスだったようです。死亡推定時はおよそ六年前。当時六十六歳」

続いて、所轄の土村が言った。

「もう一体は藤岡淳子《ふじおかじゅんこ》さん。死亡したのは約三年前で、当時十六歳。その年に家出して、捜索願が出されていました」

益子が鑑識の結果を簡単に報告する。

「かなり腐敗が進んでましたが、ふたりとも頭蓋骨に殴られた痕と、衣服に刃物で刺された痕が残ってました。それと、床からルミノール反応が出ました。誘いこんで、あの場所で殺害したものと思われます」

「今回の被害者、西田さんも頭を殴られていた。同じ手口だ。それと、腕時計は殺しの戦利品だろう。つまり、あの動画に映りこんでいた男が一連の連続殺人の犯人で間違いない」

指揮を執る中園が断じた。

その夜も右京と亘は〈花の里〉で、ロンドンからの客人と会っていた。

「ニュースを見ましたよ。殺人を犯しては、ダークウェブに遺体の動画をアップロードしている連続殺人鬼なのだとか」

小料理屋にはふさわしくない話題を南井が持ち出した。

「ええ」と右京が答える。

「インターネットが社会の縮図だとすれば、ダークウェブはまさしく暗部に当たるでしょうね。その意味では非常に興味深い事件です。どうです? 久しぶりに僕をパートナーにしてみるというのは」

イギリス流のジョークに、右京が含み笑いで答えた。

「ちなみに動画というのはこれでしょうか?」

南井がスマホで問題の動画を再生した。幸子が思わず目を逸《そ》らした。

「今回の犯人像、南井さんはどう考えてます?」

亘が興味津々という表情で質問した。

すかさず右京が「冠城くん」と制止したが、亘は「だって、ロンドンでは右京さんも協力したんですよね？」と譲らない。

南井が亘の挑戦を受けて立った。

「報道によると大胆不敵な殺人鬼などと言われてましたが、むしろ慎重な犯人ですね。犯行には人目につかない場所を選び、標的にはホームレスや家出少女と、自分より弱い者で、かつ突然いなくなってもすぐには発覚しない相手を選んでいる。鈍器で殴るのは相手の動きを封じるため。つまり、刃物だけでは仕留める自信がなかった。慎重さの裏には犯行に対する不安があります。犯人はごく普通の顔をした人物でしょうね」

カウンターの中から幸子が感心した。

「ニュースを見ただけで、そこまでわかるんですか？」

「膝を見ただけで経歴を当てたりはできませんがね」南井は軽くジョークを飛ばし、右京に目をやった。「でも、この程度のことは右京も考えてますよ」

「まあ……」右京は暗に認めたあと、「ただ、西田さんのケースについてはいささか疑問を感じています」

「問題はまさにそこですね」

南井がそう応じると、亘が割りこんだ。

「あの、ふたりだけで話、進めないでもらえませんか？」

南井が亘にもわかるように説明した。

「今回殺された西田さんには刺された傷がない。殺害現場も違う。家族や職場もあった。その前の二件の殺人とはどうも質が違う気がします」

「西田さんについては、別の事件だと？」

「どうでしょう？」南井は口を濁した。「ただそう言い切ってしまうには、類似点も多い。まあ、ここから先は、右京のお手並みに期待ですね」

右京は黙って、猪口《ちょこ》を口に運んだ。

三

翌日、事件は大きく動いた。

まずは朝一で、所轄署の捜査本部に益子が駆けこんできた。

「廃工場で見つかった三本目の腕時計から、指紋取れました。前科者照合で身元判明しました」

益子が差し出した顔写真に伊丹がいち早く反応する。

「こ、これは、あの動画の男じゃねえか」

中園も自分の間違いに気づいた。

「じゃあ、被害者、西田さんの時計じゃなかったのか」

益子が男のプロフィールを読み上げる。

「平岡尚道《ひらおかなおみち》。住所は、練馬区大泉《おおいずみ》九の三十八の十五、イーストコート二〇二です」

伊丹、芹沢以下の刑事たちはすぐに平岡のマンションへ向かった。しかし、平岡の部屋はもぬけの殻だった。家財道具も衣服も残っていない。

「逃げた？　それとも引っ越し？」

芹沢が悔しがる隣で、伊丹の鼻がなにかを嗅ぎつけた。

「待て。このにおい……」


事態の急展開については、聞きつけた亘が右京に報告した。

「聞きました？　平岡の住んでたマンションから大麻が見つかったんですって」

「そのようですねぇ」

「平岡は一年前に会社を辞めて無職だったそうです。会社員だった男が大麻や連続殺人やってたなんて……。ちょっと、右京さん、聞いてますか？」

「聞いていますよ」

右京がパソコンの画面から顔を上げた。

「あっ、このパソコン、青木の……。ダークウェブ見てたんですか？」

右京が見ていたのは大麻売買用のページだった。

右京が空き部屋の写真を亘に見せた。

「これは平岡の部屋の写真です。青木くんに持ってきてもらいました」右京が大麻のサムネイルの画像の背景に写っている畳に亘の注意を向ける。「この畳ですがね、平岡の部屋じゃありませんかね？」

たしかに空き部屋の畳と同じ柄の畳縁だと認めた亘が、状況を吞みこんだ。

「大麻は使ってたんじゃなくて、売ってた？」

「この出品者名で絞ってみますね」

右京が出品者名をクリックすると、画面が変わり、大麻だけでなく覚醒剤や拳銃のサムネイルが並んだ。

「拳銃まで……。いったいどういう奴なんだ？」

「背景が違う写真がありますね」

右京がサムネイルの画像の中から、畳ではなく窓を背景に拳銃を写したものを示した。

「もしかして、引っ越した先で撮った？」

右京は窓の外の光景に着目した。

「写りこんでるこれ、なんでしょうね？」

それは特徴的な形をしたタワーのような建造物だった。

右京はその建造物が給水塔であると見当をつけ、場所を特定した。実際に行って実物を目にすると、確信が湧いた。

「写真に写っていたのは、この給水塔で間違いないようですねえ」

亘は別のことに気がついた。

「ここって西田さんの遺体発見現場、南玉川公園の近くですよね」

「この付近を探してみましょう」

ふたりは給水塔の角度から、サムネイル画像が撮影されたおおかたの方角を推定し、とあるマンションに当たりをつけた。そこの管理人である朝山《あさやま》に平岡の写真を見せると、「つい最近、引っ越してきた人ですね」という答えが返ってきた。

朝山に鍵を開けてもらい、右京と亘は平岡の部屋に入った。人のいる気配はなかったが、ここが写真の撮られた場所であることは明白だった。デスクの上に大量の薬物や拳銃が並べられ、パソコンはダークウェブのサイトにつながっていたのである。

「やはり平岡はダークウェブで薬物や拳銃を売りさばいていたようですねえ」

「しかし、どこからこんなものを……」

他になにかないかと、亘は部屋を隅々まで探った。そして、梱包材《こんぽうざい》にくるまれた男の遺体を発見した。遺体と一緒に血のついたハンマーとナイフも見つかった。

「資料をご覧ください。遺体で発見されたのは平岡尚道。死因はハンマーで殴られたあと、果物ナイフで刺されたことによる出血性ショック死。死亡推定日時は二日前の夜。西田泰史さんの事件と同じ日です」

数時間後、捜査本部で芹沢が新たな発見について、捜査員たちに説明していた。発見者である右京と亘も同席していた。

「連続殺人犯だと思われていた平岡が殺された？　これはいったいどういうことなんだよ？」

混乱したせいか、中園の声が裏返る。伊丹が挙手のうえ起立し、発言した。

「それについてですが、凶器のハンマーからは平岡の血痕だけでなく西田泰史の血痕も採取されました」

「西田さんの？」

戸惑う中園に、伊丹が理路整然と事件を組み立て直してみせる。

「考えられることは、ひとつしかありません。つまり、連続殺人事件の犯人は平岡ではなく、被害者と見られていた西田だった。現場で見つかった持ち主不明のスマートフォンも西田のものだということです。西田は六年前と三年前に殺人を犯し、その遺体の動画をダークウェブにアップロードしていた。そして、次の標的として平岡を選んだ」

　捜査員たちは伊丹の意外な推理にどよめいた。彼らがそれを呑みこむと、伊丹がさらなる推理を披露した。

「西田は防犯カメラに映らないルートから平岡の部屋に侵入し、平岡をハンマーで殴り果物ナイフで刺そうとした。平岡にハンマーを奪われ、反撃を受けて後頭部を殴られたものの、西田は平岡を刺殺。隠れ家に寄って戦利品を置き、自宅に戻ろうとしたが、南玉川公園を歩いている途中、脳出血によって力尽きて死亡。翌日遺体で発見され、当初は殺人事件の被害者として、誤認されたというわけです」

　中園は伊丹の案を受け入れたが、一点だけ不満があった。

「誤認ではない。あらゆる可能性を考えることが捜査の基本だ。その甲斐あって、真相に至ることができた。よし！　連続殺人犯は西田泰史。裏取り後、被疑者死亡のため死後送検とする」

　捜査員一同が「はい！」と立ち上がるなか、亘は右京の耳元でささやいた。

「どうなんですかね？」

　これについて右京は明確な答えを返さなかった。


　その夜も右京と亘は〈花の里〉で、南井十と会っていた。

亘が事件の進捗《しんちょく》状況を伝えると、南井は幸子の料理に箸をつけながら言った。

「犯人は当初被害者とされた男でしたか」

「その事件だけは前の二件の殺人と質が違うっておっしゃってたことも、一応、筋が通ることになるんですが……」

亘のどことなく釈然としない口ぶりに、南井が右京のほうを向く。右京はぼんやりとなにかを考えているようだった。

「なにか引っかかってるときの顔ですね」

「ずっとこうなんです」

亘が心配そうに言うと、ようやく右京が口を開いた。

「ひとつ、どうしても腑《ふ》に落ちないことがありましてね」

南井はそれを見抜いていた。

「それはスマートフォンのことじゃないですか?」

「ええ」右京が認めた。

四

翌日、右京と亘は西田のアパートを訪ね、息子の真人と面会した。

「聞きました。お父さんが犯人だったたって」

淡々と語る真人に、右京が赤いスマートフォンの写真を見せる。

「このスマートフォン、間違いなくお父さんのものでしょうか？」

「見覚えはありませんけど、それでダークウェブってやつをやってたんですよね？　昔、IT関係の会社やってたし、そういうの、詳しかったとは思いますけど」

「見覚えがないことはたしかなんですね？」

「はい」

「そうですか。どうもありがとう」

右京が真人に質問している間、亘は部屋の中に視線を走らせていた。仏壇の脇には、真人が子供の頃にどこかの神社で撮影したらしい祭り装束の家族三人の写真が立ててあった。西田泰史の笑顔が亘には痛々しく感じられた。テーブルの上には、葬儀場のパンフレットやどこかの住所を書いたメモ。真人が喪主として葬儀を仕切らなくてはならないならば、荷が重いだろう。

亘のそんな思いを破るように、真人への質問を終えた右京が言った。

「行きましょう」

次にふたりは南玉川公園へ向かい、所轄署の土村晋之に赤いスマホが見つかった場所を案内してもらった。

「スマホが落ちてたのは、あのあたりでした」

池のそばを指差す土村に、亘が感心したように言った。

「あんなところから、よく見つけられましたね」

「ええ、なんとなく気になって」

「しかし、考えてみれば妙ではありませんか？」

右京が問題提起をする。

「妙？」

「当初の見立てどおり西田さんが被害者だった場合、西田さんは平岡に追われて、あそこで揉み合いになった。その際、平岡は携帯を落とし、それには気づかずに逃亡した。まあ、辻褄《つじつま》は合わなくはありません。しかし、西田さんが犯人だった場合、落ちていた携帯は、やはり西田さんのものということになります。ですが、いったいどういう状況で、こんなところに落とすことになるのでしょう？」

右京はふたりを連れて、西田の遺体が見つかった遊歩道のところまで移動した。

「犯行のあと、そのままこの道を逃げればいいと思うのですがねえ。わざわざ、池のほうまで分け入る理由が見当たりません」

「なるほど」

土村が右京の疑問を理解した。

土村と別れたふたりは、続いて南玉川公園の近くに建つ平岡のマンションに向かった。伊丹の説明によれば、西田は防犯カメラに映らないルートを通って、平岡の部屋に侵入したことになる。マンションの外に非常階段などはなく、隣の建物や街路樹を伝って忍びこむこともできない。可能だとすれば、裏口の柵を乗り越えるしかなかった。

「冠城くん。ちょっと登ってみてください」

右京はときとして横暴だった。

「えっ？　いや、右京さんのほうが……」

「いやいや、君のほうが似合います。お願いします」

亘はどこが似合うのかさっぱりわからなかったが、渋々したがった。柵が高かったので、近くに鉢植えの台として置いてあったビールケースを拝借して踏み台にしたが、それでも柵を乗り越えるのは難しかった。難儀する亘に右京は平然と言った。

「やはり目立ちますね。こんなことをするくらいなら、顔と体形を隠して、正面から入ったほうが安全でしょうねえ」

「ああ……」

「はい、わかりました」

柵にぶらさがる亘を放ったまま、右京が去っていく。

右京と亘は正面玄関に回り、協力的な管理人の朝山に頼み、平岡が殺された十二月八日の防犯ビデオの映像を見せてもらった。

「この人は？」

右京がスーツ姿の男性を指すと、朝山は「三階の小川《おがわ》さん。公務員の方です」と即答した。

「事件発生時刻前後、たしかに住人以外、出入りした形跡がありませんね」

亘がぼやいた直後、ゴミ袋を手に玄関から出ようとする女性が映った。

「この人は……」

「六階の加藤《かとう》さん。もう十年も住んでる気のいいおばちゃんですよ」

朝山の返事を最後まで聞かず、右京は管理人室の壁の貼り紙に目をやった。

右京と亘は所轄署を訪ね、再び土村と面会した。

「話といいますと……？」

不審な顔で応対する土村に、右京が切り出した。

「実は例の事件、我々には、捜査本部とは別の見解がありましてね」

「別の見解……？」

「犯人は西田さんでも平岡でもなく、第三の人物ではないか、そう考えています」

「はあ……」

「平岡はダークウェブで麻薬や拳銃を売りさばいていました。しかし、平岡は元々普通の会社員です。いったい、どこからそんなものを手に入れていたのでしょうか？　例えば、違法な品を自由に供給できる人物がいたとしたら？　そして、取引の上でなんらかのトラブルがあり、その人物が平岡を殺害した」

右京が疑問点を挙げて、仮説を述べる。「その人物」というのが土村を指していることは明らかだった。亘が土村の目を見て言った。

「そして犯行を隠すため、連続殺人犯を仕立て、西田さんに一連の罪をかぶせて殺した」

「なにか根拠があって、おっしゃってるんでしょうか？」

右京が一歩前に出る。

「平岡が殺された自宅マンションの防犯ビデオを確認しました。犯行推定時刻、たしかに住人以外の不審人物は映っていませんでした。ただ、ゴミ出しをする住人がひとりいましてね。しかし、翌日はゴミの収集日ではありませんでした。当人に確認したところ、ちゃんと規則どおりにゴミ出しをしたそうです。つまり、あの防犯ビデオは日付だけを残し、前日の映像と入れ替えたものだったんですよ」

亘が話を引き継ぐ。

「管理人にも確認してもらいました。今回の捜査で防犯ビデオを借り出したのは、あなたですよね？　それも自分からそうしたいと申し出たとか」

「なにがおっしゃりたいんです？　私が証拠品に手を加えたとでも？」

右京が両手を背中に回し、土村と向き合った。

「はい、そのとおりです。あなたは二カ月前まで、押収品の管理をなさっていましたねえ。あなたならば、平岡に麻薬や拳銃を横流しすることは可能です」

「馬鹿なこと言わないでください」

「押収品を調べればわかることです」

亘のことばに、土村が開き直る。

「聞きましたけど、特命係って捜査権のない部署だそうじゃないですか。申し訳ありませんが、これ以上はお話しできません。失礼します」

足早に立ち去ろうとする土村の前に、ぬっと現れた伊丹と芹沢が立ちふさがった。

「だったら、俺たちに話してもらおうか」

伊丹に顔を突きつけられ、土村は身動きできなくなった。

「例の携帯が落ちていた場所ですがね、普通、あんなところまで探しますかねえ。もっとも、必ずそこにあるとわかっていれば、話は別ですが。あなたが見つけたと聞いたときから、違和感を覚えていました」

右京のひと言で土村が落ちた。うつむいて自供を始めた。

「初めは純粋な捜査でした。麻薬関係の捜査でダークウェブを見たんです。そのうち、引きこまれて、自分でも見るようになりました。そこで平岡と知り合って、話を持ちかけられました……」

平岡はパソコンのカメラを乗っ取って土村が警察官だと知ると、「金になりますよ」というメッセージを送りつけてきたという。

「……最初はたった五グラムの大麻でした。それが果ては、拳銃まで横流しするようになった」

ここで右京が疑問を投げかけた。

「しかし、先々月からは、別の方が押収品管理の担当になっていますよねぇ」

「それをきっかけにやめるつもりでした。でも……」

ある日、土村が警察署から帰ろうとすると、一台の車がすっと近づいてきて、そばで停まった。それが平岡だった。平岡はヤクザから大口の注文が入ったので、もう一回押収品を流すよう土村に迫ったという。土村が断ると、これまでの悪事を職場にばらすと脅した。

追いつめられた土村は平岡の殺害を計画した。しかし、うまい計画などそうそう思いつくはずもない。そんなときに、ダークウェブ内で新たな人物が接触してきた。その人物は、土村のことをすべて知っていると告げ、これまで土村が横流しで稼いだ金と引き換えに絶対にばれない殺害計画を買わないか、と持ちかけてきた。計画実行に必要な情報もコマもすべて提供する、と。

「……おっしゃるとおり、連続殺人に見せかけて平岡を殺害する計画でした」

「そして、あなたはその計画を買った」

右京の合いの手に、土村がうなだれる。

「ダークウェブで起きたことは、すべて悪い夢のようでした。なにもかもなかったことにしたかった」

「その話を持ちかけてきたのは誰なんだ？」

伊丹が問い詰めたが、土村は首を左右に振った。

「本当に知らないんです。金も仮想通貨で払ったし、会ったこともない。顔も名前もなにも知らないんです」

「連絡はどのように？」

右京が訊くと、土村が手帳を取り出した。

「向こうに指定された、連絡用のアプリを使ってました。サーバーに記録が残らないからって。これ、ＩＤとパスワードです」

土村が開いた手帳を、伊丹がすばやく取り上げた。

「あとは、こちらに任せてもらいますよ。行くぞ」

「さあ」

土村は芹沢に引き立てられて行ったが、亘は一瞬のぞきこんだ手帳に書きこまれていたパスワードを覚えていた。その数字をつぶやく亘に、右京が訊く。

「どうかしましたか？」

「ええ。あのパスワードの数字、たしか……」

右京のお株を奪う記憶力を亘が示してみせた。

五

いつしか日が落ち、夜になっていた。

亘の運転する車の助手席から、右京は電話をかけたが、相手は出なかった。

「駄目です。出ませんね」

「突然、姿を消すなんて……。気づかれたんですかね？　だとしたら自殺なんてことも」

亘が不安を口にすると、右京は「致し方ありません」と奥の手を使った。自らのスマートフォンでダークウェブにアクセスし、土村のＩＤとパスワードでログインしたのだ。

しばらくすると、ディスプレイに能面のようなＣＧ画像が浮かび上がった。能面がボイスチェンジャーを通した声で話しかけてくる。

——杉下右京……。自分の携帯からのアクセスは危険ですよ。他人のＩＤを使ったところで、全部見えてる。個人情報も、あなたの姿も。

右京は動じることもなく、スマホの向こうにいる人物に語りかけた。

「あえて、そうしました。あなたと面と向かって話すためです。あなたが土村に売った計画、すなわち今回の事件の全貌をこれからお話しします」

——どうぞ。

右京が真相を語り始めた。

「あなたは六年前にホームレスを、三年前に家出少女を殺害し、遺体を動画撮影した。そして最近になって土村と知り合い、平岡殺害の計画を売った。これまで二件の殺人を犯した殺人犯が、三件目の標的として平岡を殺害したが、その際に抵抗され、自らも深手を負って逃走中に死亡した。そう見せかける筋書きです。まず、遺体の動画をダークウェブにアップロードし、そして、そのサムネイルをしこんだ赤いスマートフォンを土村に送る。すべての罪をかぶって死ぬ連続殺人犯役には西田さんを選び、南玉川公園に呼び出します。土村には、まず、ハンマーで西田さんを殴って殺害させる。その後、西田さんの血痕が残ったハンマーとナイフで平岡を殺害させる。そのスマートフォンを西田さんのものと思わせるため、遺体の懐に忍ばせます。最後に平岡の腕時計をこれまでの戦利品と並べさせ、計画は完了です」

スマホに向かって語りかけながら、右京と亘はすでに車を降り、犯人の前まで歩み寄っていた。

「こうして平岡は、ホームレスと家出少女を殺害した連続殺人犯の西田泰史によって殺されたように見せかけられた。そして、この計画を作ったのは他でもない君……西田真人くんです」

真人は神社の石段に腰かけていた。ノートパソコンから顔を上げて、右京と亘に向き合った。

亘がパスワードの秘密に迫る。

「パスワードの数字、どこかで見た覚えがあった。君の部屋にあった手書きのメモ。あそこに書かれた住所の郵便番号と同じだった」

真人は取り乱すようすもなかった。

「どうして、ここが？」

「ここへ来る前に、君の部屋に寄ってきました。仏壇の脇にあった家族写真はこの神社で撮られたものですよねえ」

右京が答えると、真人はゆっくり立ち上がった。

「あれは更生保護施設の住所です。父親が僕を入れようとしてたんです。なんとなく目に留まったものを使っただけだったんですけど、失敗でしたね。失敗した原因は土村です。平岡のマンションへ侵入するには変装だけで十分だったのに、防犯ビデオをいじるなんて……」

「認めるんですね?」と右京。

「今回うまくいけば、この先、殺人計画を請け負って生きていくつもりでした。殺しを望む人間は大勢いる。ただ、罰が怖いからやらないだけ」

「そんなことが許されるとでも?」

右京が問うと、真人は自らの異常性を悪びれもせずに告白した。

「どうなんでしょうね? 僕は普通じゃないみたいだから。初めて気づいたのは母親が死んだときでした。まるで泣けない自分がいたんです。なぜなのか自分でもわかりませんでした。自分はおかしいんじゃないかと不安になった。だから、確かめてみたんです。家で飼っていた猫を殺しました。でも、もっとわからなくなった。殺すのが人間なら違うのだろうかって。残念ながら、結果は同じでした。そのうち、ダークウェブに出合いました。ここには、僕のような人間ばかり集まってる。初めて自分をさらけ出せる人にも出会いました。肯定してもらえたんです。ずっと自分は異常だと思ってた。でもそうじゃない。死はただの現象で、僕はそれをあるがままに捉えられる優れた人間だって気づいた」

「それで自分の父親を?」と亘。

「あの人はなんの才能もない人間でした。それでも、僕の中に情のようなものは残ってた。その情を断ち切る必要がありました。これはテストだったんですよ。真の意味で優れた人間になれるかどうかの」

ここで右京が質問をした。

「お父さんに三件の連続殺人の罪をかぶって死んでもらう。それが元々の計画でした。しかし事件当初、お父さんは被害者だと見なされた。土村が内ポケットに入れたはずのスマートフォンが遺体から離れた場所で発見されたためです。なぜそうなったのでしょう?」

「襲われた場所から逃げようとしたんですよ」

真人の回答を、右京は否定した。

「いえ、それは違うと思いますよ。お父さんにとって、あの赤いスマートフォンは見覚えのあるものでした。誰のものか、すぐにわかった。お父さんは君を更生保護施設に入所させようとしていました。おそらく、飼い猫がいなくなったあたりからでしょうか。君の異常性に気づいていた」

亘が補足した。

「自宅に医師に相談した資料なんかもあった」

右京が推理を続けた。

「携帯を見た瞬間、西田さんはすべてを理解したのでしょう、君が関与していることに。だからこそ携帯を遠くへ投げ捨て、瀕死の状態でできる限りその場から離れようとした。君をかばうために。殺人を犯し、自分さえも殺そうとした。それでも西田さんにとって、君は息子だったんです」

「そんな父親の気持ち、君にはわかんないだろうな」

亘のことばに、真人は憎々しげに片頬を歪《ゆが》めた。右京が粛々と言い渡す。

「ええ。君の気持ちが我々にはわからないように。それでもこれだけは言っておかなければなりません。君の犯した罪は、許されるものではないんですよ」

警察署へ連行される車の中で、西田真人の時計が鳴った。時計に目を落とした真人の頬に一筋の涙が流れる。

それを見た捜査員が「どうした?」と訊いたが、真人は「いえ」と応じただけだった。署に到着した真人は、トイレに行きたいと申し出た。腰縄をかけられたまま個室に入った真人は、そこで自殺を図ったのだった。

翌朝、南井が空港近くのホテルで朝食をとっていると、右京が現れた。

「わざわざ見送りに来てくれるとは」

顔を上げた南井に、右京が作り笑顔で応じた。

「今日お帰りだと聞いていたものですから」

南井は朝食を食べながら、事件に触れた。

「ニュースを見ました。逮捕した真犯人、警察署内のトイレで青酸カプセルを嚙《か》んで自殺したとか。ダークウェブで手に入れたんでしょうね」

右京は南井の正面の席に座った。

「所轄署へ護送中、彼は腕時計を見て、一瞬涙を流したそうです。彼の時計はスマートウォッチで、メールを受け取ることができるものでした。おそらく、誰かからのメッセージが届いたのではないかと」

「メッセージ？　誰からのです？」

「ダークウェブで自分を肯定してくれる人間に出会えた。彼はそう言っていました。その人物の言葉によって自殺するに至ったのではないか。そう思えてなりません」

南井はナプキンで口元を拭いながら、「その人物に繫《つな》がる手掛かりは？」と訊いた。

「ありません。西田真人は自殺の前に、すべてのデータを復元できない形で消去していました」

「ああ、それは残念でしたね」

右京は答えず、話題を変えた。

「あのときと同じですねえ」

「あのとき?」

「三年前、ロンドンでの事件。逮捕の直前に自宅で自殺した被疑者も、スマートフォンからはすべてのデータが消去された跡がありました。そして今回と同様、青酸化合物による自殺」

南井が右京の顔をしっかり見据えた。

「遺体で見つかった被疑者とは別に、もうひとり、彼の心を操った人物がいる。あのときもたしかそう言ってましたね」

右京は答えず、以前の南井のことばを引いた。

「光を強めれば、その分、影は濃くなる。そうおっしゃいましたねえ?」

「ええ」

「影――。犯罪者の中には、贖罪《しょくざい》の心を持つことができない者がいます。そんな犯罪者は、自らの死でその罪をあがなわせることがふさわしい」

南井は腕時計をちらりと見ておもむろに立ち上がった。

「もう少し話していたいのですが、そろそろ時間です。飛行機に乗り遅れてしまう」

南井は去り際、着座する右京に右手を差し出した。

「また会いましょう」

右京はその手を握り返さなかった。南井はおおげさに肩をすくめると、ステッキを手にして去っていった。

右京が立ち上がって、南井の背中に目をやったところへ、亘がやってきた。

「いつか、すべてを照らしてみせます。影ができる余地など、ないほどに」

右京が決然と言い放った。

相棒 season 16（第１話～第７話）

STAFF
エグゼクティブプロデューサー：桑田潔（テレビ朝日）
チーフプロデューサー：佐藤凉一（テレビ朝日）
プロデューサー：髙野渉（テレビ朝日）、西平敦郎（東映）、
土田真通（東映）
脚本：輿水泰弘、太田愛、金井寛、浜田秀哉、徳永富彦
監督：橋本一、内片輝、兼﨑涼介
音楽：池頼広

CAST
杉下右京……………………………水谷豊
冠城亘………………………………反町隆史
月本幸子……………………………鈴木杏樹
伊丹憲一……………………………川原和久
芹沢慶二……………………………山中崇史
角田六郎……………………………山西惇
青木年男……………………………浅利陽介
益子桑栄……………………………田中隆三
大河内春樹…………………………神保悟志
中園照生……………………………小野了
内村完爾……………………………片桐竜次
日下部彌彦…………………………榎木孝明
衣笠藤治……………………………大杉漣
社美彌子……………………………仲間由紀恵
甲斐峯秋……………………………石坂浩二

制作：テレビ朝日・東映

第1話
初回放送日：2017年10月18日

検察捜査

STAFF

脚本：輿水泰弘　監督：橋本一

GUEST CAST

田臥准慈………………田辺誠一
与謝野慶子……………中村ゆり
平井陽………………中村俊介
風間楓子………………芦名星

第2話
初回放送日：2017年10月25日

検察捜査〜反撃

STAFF

脚本：輿水泰弘　監督：橋本一

GUEST CAST

田臥准慈………………田辺誠一
与謝野慶子……………中村ゆり
平井陽………………中村俊介

第3話
初回放送日：2017年11月1日

銀婚式

STAFF

脚本：太田愛　監督：内片輝

GUEST CAST

瀬川楓…………………菊池桃子
瀬川巧………………川野太郎

第4話
初回放送日：2017年11月8日

ケンちゃん

STAFF

脚本：金井寛　監督：橋本一

GUEST CAST

森山真一郎……………内田朝陽
森山健次郎…………西井幸人

第5話

初回放送日：2017年11月15日

手巾（ハンケチ）

STAFF

脚本：浜田秀哉　監督：内片輝

GUEST CAST

樋口真紀………………南沢奈央　　樋口彰吾………佐戸井けん太
米沢守…………………六角精児

第6話

初回放送日：2017年11月22日

ジョーカー

STAFF

脚本：浜田秀哉　監督：兼﨑涼介

GUEST CAST

早見一彦………………山田純大　　松下隆司……………藤田宗久
連城建彦…………………松尾諭

第7話

初回放送日：2017年11月29日

倫敦からの客人

STAFF

脚本：徳永富彦　監督：内片輝

GUEST CAST

南井十…………………伊武雅刀

相棒《あいぼう》 season16 上

朝日文庫

2018年10月30日　第1刷発行

脚　　本　輿《こし》水《みず》泰《やす》弘《ひろ》　太《おお》田《た》愛《あい》　金《かな》井《い》寛《ひろし》　浜《はま》田《だ》秀《ひで》哉《や》
徳《とく》永《なが》富《とみ》彦《ひこ》
ノベライズ　碇《いかり》 卯《う》人《ひと》

発 行 者　須 田　剛
発 行 所　朝日新聞出版
〒104-8011　東京都中央区築地5-3-2
電話　03-5541-8832（編集）
03-5540-7793（販売）
印刷製本　大日本印刷株式会社

ISBN978-4-02-264903-4

相棒season7（上）

脚本・輿水　泰弘ほか／ノベライズ・碇　卯人

亀山薫、特命係去る！　そのきっかけとなった事件「還流」、細菌テロと戦う「レベル4」など記念碑的作品七編。《解説・上田晋也（くりぃむしちゅー）》

相棒season7（中）

輿水　泰弘ほか／ノベライズ・碇　卯人

船上パーティーでの殺人事件「ノアの方舟」、アッと驚く誘拐事件「越境捜査」など五編。《解説・小塚麻衣子（ハヤカワミステリマガジン編集長）》

相棒season7（下）

脚本・輿水　泰弘ほか／ノベライズ・碇　卯人

大人の恋愛が切ない「密愛」、久々の陣川警部補「悪意の行方」など五編。最終話は新相棒・神戸尊が登場する「特命」。《解説・麻木久仁子》

相棒season8（上）

脚本・輿水　泰弘ほか／ノベライズ・碇　卯人

杉下右京の新相棒・神戸尊が本格始動！　父娘の愛憎を描いた「カナリアの娘」など、連続ドラマ第8シーズン前半六編を収録。《解説・腹肉ツヤ子》

相棒season8（中）

輿水　泰弘ほか／ノベライズ・碇　卯人

四二〇年前の千利休の謎が事件の鍵を握る「特命係、西へ！」、内通者の悲哀を描いた「SPY」など六編。杉下右京と神戸尊が難事件に挑む！

相棒season8（下）

輿水　泰弘ほか／ノベライズ・碇　卯人

神戸尊が特命係に送られた理由がついに明らかにされる「神の憂鬱」など、注目の七編を収録。伊藤理佐による巻末漫画も必読。

朝日文庫

相棒season9（上）

脚本・輿水　泰弘ほか／ノベライズ・碇　卯人

右京と尊が、夭折の天才画家の絵画に秘められた謎を追う「最後のアトリエ」ほか七編を収録した、人気シリーズ第九弾！　《解説・井上和香》

相棒season9（中）

脚本・輿水　泰弘ほか／ノベライズ・碇　卯人

尊が発見した遺体から、警視庁と警察庁の対立を描く「予兆」、右京が密室の謎を解く「招かれざる客」など五編を収録。　《解説・木梨憲武》

相棒season9（下）

脚本・輿水　泰弘ほか／ノベライズ・碇　卯人

テロ実行犯として逮捕され死刑執行されたはずの男と、政府・公安・警視庁との駆け引きを描く「亡霊」他五編を収録。　《解説・研ナオコ》

相棒season10（上）

脚本・輿水　泰弘ほか／ノベライズ・碇　卯人

仮釈放中に投身自殺した男の遺書に恨み事を書かれた神戸尊が、杉下右京と共に事件の再捜査に奔る「贖罪」など六編を収録。《解説・本仮屋ユイカ》

相棒season10（中）

輿水　泰弘ほか／ノベライズ・碇　卯人

子供たち七人を人質としたバスに同乗した神戸尊と、捜査本部で事件解決を目指す杉下右京の葛藤を描く「ピエロ」など七編を収録。《解説・吉田栄作》

相棒season10（下）

脚本・輿水　泰弘ほか／ノベライズ・碇　卯人

研究者が追い求めるクローン人間の作製に、内閣・警視庁が巻き込まれ、神戸尊の最後の事件となった「罪と罰」など六編。　《解説・松本莉緒》

相棒season13（上）
脚本・輿水　泰弘ほか／ノベライズ・碇　卯人

特命係が内閣情報調査室の主幹・社美彌子と共に、スパイ事件に隠された〝闇〟を暴く「ファントム・アサシン」など七編を収録。

相棒season13（中）
輿水　泰弘ほか／ノベライズ・碇　卯人

〝犯罪の神様〟と呼ばれる男と杉下右京が対峙する「ストレイシープ」、鑑識課の米沢がクビを宣告される「米沢守、最後の挨拶」など六編を収録。

相棒season13（下）
脚本・輿水　泰弘ほか／ノベライズ・碇　卯人

杉下右京が恩師の古希を祝う会で監禁事件に巻き込まれる「鮎川教授最後の授業」、甲斐亨最後の事件となる「ダークナイト」など五編を収録。

相棒season14（上）
脚本・輿水　泰弘ほか／ノベライズ・碇　卯人

異色の新相棒、法務省キャリア官僚・冠城亘が登場！　刑務所で起きた殺人事件で、新コンビが活躍する「フランケンシュタインの告白」など七編。

相棒season14（中）
輿水　泰弘ほか／ノベライズ・碇　卯人

殺人事件を予言した人気漫画に隠された真実に迫る「最終回の奇跡」、新政権発足間近に起きた爆破事件を追う「英雄〜罪深き者たち」など六編。

相棒season14（下）
脚本・輿水　泰弘ほか／ノベライズ・碇　卯人

山深い秘境で遭難した右京が決死の脱出劇を繰り広げる「神隠しの山」、警察訓練生による大量殺戮テロが発生する「ラストケース」など六編。

朝日文庫

相棒season15（上）
脚本・輿水　泰弘ほか／ノベライズ・碇　卯人

ある女性の周辺で起きた不可解な死の真相に、右京と亘が迫る「守護神」、独特なシガーの香りから連鎖する事件を解き明かす「チェイン」など六編。

相棒season15（中）
脚本・輿水　泰弘ほか／ノベライズ・碇　卯人

郊外の町で隠蔽された警察官連続失踪の闇に迫る「帰還」、目撃者への聴取を禁じられ、出口の見えない殺人事件に挑む「アンタッチャブル」など六編。

相棒season15（下）
脚本・輿水　泰弘ほか／ノベライズ・碇　卯人

籠城犯の狙いを探りあてた右京が、亘とともに巨悪に挑む「声なき者」、世間を騒がせる投稿動画に特命係が鋭く切りこむ「ラストワーク」など五編。

杉下右京の密室
碇　卯人

右京は無人島の豪邸で開かれたパーティーに招待され、主催者から、参加者の中に自分の命を狙う者がいるので推理して欲しいと頼まれるが……。

杉下右京のアリバイ
碇　卯人

右京はロンドンで殺人事件の捜査に協力することに。被害者宅の防犯カメラには一五〇キロ離れた所にいる奇術師の姿が。不可能犯罪を暴けるか？

杉下右京の多忙な休日
碇　卯人

杉下右京は東大法学部時代に知り合った動物写真家・パトリシアに招かれてアラスカを訪れる。そこでは人食い熊による事件が頻発しており……。